Peter Hofinger

Heute werden sie mich holen!

Erzählung

Dies ist eine fiktive Geschichte.
Jede Ähnlichkeit mit realen Personen
oder Gegebenheiten ist zufällig.

Verlag: BoD · Books on Demand GmbH, In de Tarpen 42, 22848 Norderstedt,

bod@bod.de

Druck: Libri Plureos GmbH, Friedensallee 273, 22763 Hamburg

ISBN: 978-3-7693-5526-0

Inhaltsverzeichnis

ANHANG

Geh nicht nur die
glatten Straßen.
Geh Wege, die noch
niemand ging, damit
du Spuren hinterlässt
und nicht nur Staub.

Antoine de Saint-Exupéry

Schon oft hatte Wolfgang gedankenverloren die unzähligen Hautfalten seines Unterarms betrachtet, doch erst jetzt fielen ihm jene Fehler an sich auf, die sich nicht so leicht in das Gesamtbild einfügen ließen. Denn anders als die dunkelbraunen, manchmal erhöhten Muttermale, die so unregelmäßig verteilt waren, als handle es sich um durch Unachtsamkeit entstandene Farbtupfer eines begnadeten Malers, erweckten helle Pigmentflecke, ein fingernagelgroßer, daneben mehrere kleinere, den Eindruck, man könne durch den Arm hindurchsehen.

Schlagartig wurde ihm klar, dass ihm kaum mehr Zeit blieb.

Wie jeden Tag saß er im hohen, beige-weiß karierten Lesesessel, den er sich gekauft hatte, als er endlich den Ruhestand antreten konnte. Es war das Einzige, was er sich vom Verkauf der Buchhandlung leisten konnte, denn nach Abzug der Schulden war kaum etwas übriggeblieben.

Seine grünblauen Augen versuchten, durch die Fensterscheibe hindurch der Flugbahn hektischer Wespen zu folgen, die in der hellgrauen Mauer der Terrasse unterhalb eines weißen Schutzblechs ein Loch gegraben hatten. Anfangs fand nur eine einzige von ihnen darin Platz, mittlerweile konnte er gar nicht mehr alle zählen, die aus und ein flogen.

Für mich gibt es kein Loch, in das ich mich verkriechen kann, um ihnen zu entgehen, dachte Wolfgang und nahm einen tiefen Atemzug.

Bald werden sie mich holen!

Im Fensterglas erfasste Wolfgangs Blick die Spiegelung seines Gesichts. Müde Augen, tiefe Falten, struppiger Bart. Leicht konnte man ihm ansehen, dass er die Siebzig überschritten hatte, doch nicht jeder erkannte in seinen Pupillen auch die entsetzliche Angst, die sich in ihm festgesetzt hatte.

Kurze Zeit schaffte er es, seine bösen Vorahnungen beiseite zu schieben, zumindest solange seine Gedanken sich einem anderen Gesicht zuwandten, einem weitaus besser aussehenden.

∞∞∞

Sie ist sehr hübsch!

Alle sagten das über Alicia. Und meinten es auch so.

Wolfgang war verliebt in seine Freundin gewesen, mehr noch, er liebte sie von ganzem Herzen.

Aber dass die schlanke Blonde mit den langen Beinen mehr als nur *gut* aussah, wurde ihm erst bewusst, als sein bester Freund ihn fragte: *Wie ist es dir gelungen, so eine schöne Frau aufzureißen?*

Tatsächlich konnte sich Alicia sehen lassen: strahlende Augen, leicht akzentuierte Wangen, ebenmäßige Zähne, sanfte Pfirsichhaut, gewinnendes Lächeln und eine Top Figur. Eine wahre Augenweide!

Doch als sie sich eines Tages plötzlich zu ihm umdrehte, war ein Auge halb geschlossen, das andere zuckte, die Nase wirkte irgendwie schief, aus dem herabhängenden Mundwinkel tropfte Speichel hervor und ihre fröhliche Stimme war einem grausigen Krächzen gewichen.

Ihr Gesicht war von einer Minute zur anderen zu einer hässlichen Fratze mutiert.

O Gott, was war passiert?

Vollkommen heiser versuchte sie ihm etwas mitzuteilen, aber er konnte kein Wort davon verstehen.

Sie machte ihm Angst.

Ihre gesamte linke Seite schien bewegungsunfähig.

Er wusste nicht was tun, hatte keine Ahnung, wie er Alicias Zustand rückgängig machen oder ihr zumindest irgendwie beistehen könnte. Er fühlte sich so hilflos, dass ihm Tränen in die Augen schossen.

Nach quälend langer Zeit veränderte sich etwas. Langsam verschwand die Grimasse und Alicias schöne Gesichtszüge kamen nach und nach wieder zum Vorschein.

Erleichtert strich er ihr liebevoll über die Wangen.

Sie lachte, stolz auf ihren perfekt gelungenen Streich.

Als Medizinstudentin hatte sie es nicht abwegig gefunden, ihm einen Schlaganfall mit halbseitiger Lähmung vorzuspielen.

Alicia musste ihm versprechen, ihn nie wieder so zu erschrecken.

∞∞∞∞

Später, das mit Gerda, das war nicht gespielt gewesen. Aber daran erinnerte sich Wolfgang nicht gerne und sprach auch nie darüber.

09:11 - Die Zunge

Er hob den Kopf und sah Richtung Türe. Dabei fiel ihm wieder der saubere Lichtschalter an der Wand auf, den ein Elektriker vor zwei Wochen gegen den kaputten ausgetauscht hatte.

In seinem Kopf machte es *klick!*

Wie war noch gleich der Name der Tochter aus Gerdas erster Ehe? Ach ja, genau, Stella hieß sie!

Als Wolfgang zu Gerda zog, war Stella zwölf und hatte etliche Ticks.

Zweiundzwanzig Mal musste sie den Lichtschalter betätigen, damit sie halbwegs sicher sein konnte, dass nicht doch fälschlicher Weise irgendwie Strom in ihr Zimmer gelangte. *Klick, klack, klick, klack…*

Wenn Stella aus dem Haus ging, drehte sie nach ein paar Meter wieder um und lief zurück, um den Herd zu kontrollieren. Es hätte ja sein können, dass die Herdplatte noch eingeschaltet wäre. *Gut, alles in Ordnung, Gottseidank!*

Bald darauf rannte sie erneut in die Küche, denn vielleicht hatte sie versehentlich das Backrohr eingeschaltet oder Aus mit Ein verwechselt, wer weiß? *Sicher ist sicher!*

Anfangs fand Wolfgang ihr zwanghaftes Verhalten eigenartig, aber auch ein wenig interessant, später lustig und schließlich nur noch nervtötend.

Stella hatte Probleme in Mathematik, daher meinte Gerda, Wolfgang könne ihr doch Nachhilfe geben. Aber das junge Mädchen hatte etwas gegen den Eindringling in ihr Familiengefüge. Als Wolfgang mit ihr die Hausaufgaben besprechen wollte, schaltete sie daher auf stur und tat so, als würde sie nicht verstehen, was er ihr erklärte.

Wenn ihre Mutter zugegen war, lächelte Stella Wolfgang übertrieben freundlich an, aber sobald Gerda ihr den Rücken zukehrte, zeigte sie ihm die Zunge oder den Stinkefinger. Einmal hatte sie ihn sogar angespuckt.

Sie würde sicherlich nichts dazu beitragen, dass er sich bei ihrer Mama wohl fühlte, gar nichts! Sollte er sich nur nicht einbilden, dass sie ihren Vater verraten würde, immer würde sie zu Papa halten, immer!

Wolfgang war erleichtert, als Gerda ihr an ihrem vierzehnten Geburtstag erlaubte, zu ihrem Vater zu ziehen.

Natürlich war er ein wenig enttäuscht von Stella, denn er hatte sich redlich bemüht, mit ihr in Kontakt zu kommen, doch es machte ihm auch nicht mehr allzu viel aus, als sich die Pubertierende auf dem Weg zu ihrem Papa ein letztes Mal umdrehte, Grimassen schnitt und ihm die Zunge entgegenstreckte.

∞∞∞

Sie war nicht erwachsen genug gewesen, um ihn wirklich aus der Fassung zu bringen.

Bei Gerda war das anders.

09:47 - Der Anruf

Schon seit langem musste sich Wolfgang mit der Einnahme der ihm vom Arzt verschriebenen Medikamente herumplagen. Einige Tabletten waren so groß, dass er Mühe hatte, sie hinunterzuschlucken. Manchmal warf er sie auch einfach in die Toilette und drückte den Spülknopf.

Vor vierzig Jahren war er noch so dumm gewesen, dass er geglaubt hatte, er würde niemals Arzneimittel benötigen. Obwohl er schon damals gegen Vergesslichkeit zu kämpfen gehabt hatte.

∞∞∞

Am Tag als der Anruf kam, war er frühmorgens mit dem Auto zu seinem Geschäft gefahren, hatte eilig die Wagentür zugeworfen und erst dann bemerkt, dass der Zündschlüssel, an dessen Bund auch sämtliche anderen Schlüssel hingen, noch steckte.

Wie dämlich muss man sein, um sich selbst aus dem Auto zu sperren?

Während er sich Vorwürfe machte, marschierte er ins Nachbargeschäft, um von dort aus den Schlüsselnotdienst anzurufen, auf den er dann wartete und wartete.

Der Tag fing schon mal gar nicht gut an.

Als er seine Buchhandlung endlich aufschließen konnte, sah er, dass während der Nachtstunden die sehnsüchtig erwarteten Neuerscheinungen geliefert worden waren. *Wenigstens das.* Zu seinem Leidwesen hatte der Spediteur die Stapel aber derart lieblos abgestellt, dass sie halb den Eingang versperrten.

Seine Halbtagsverkäuferin, ein junges Mädchen mit langen, tiefschwarz gefärbten Haaren, die unter Scheinwerferlicht einen blutroten Schimmer aufwiesen, hatte heute frei. Er musste schmunzeln, als er an ihre eigenartige Vorliebe für viel zu große Hüte dachte.

Wolfgang musste also den ganzen Tag lang alleine die vorwiegend weiblichen Kunden betreuen, was ihm Spaß machte, aber er sah sich auch gezwungen, nebenher noch den Inhalt der schweren Kartons in den hohen Holzregalen unterzubringen oder auf den hellen, an den Ecken abgerundeten Auflagetischen zu verteilen.

Sein linkes Knie schmerzte. Das tat es schon seit langem, aber er hatte noch keine Zeit gefunden, einen Operationstermin zu vereinbaren.

Er freute sich über den Andrang, der es ihm ermöglichen würde, ein paar der überfälligen Rechnungen zu begleichen, andererseits verlangten die vielen Kundenkontakte Aufmerksamkeit und Geduld von ihm und kosteten ihn jede Menge Energie.

Erst nach Kassaschluss wurde ihm allmählich bewusst, wie erschöpft er war. Zuhause würde er es sich gemütlich machen, die Füße ausstrecken, sein Knie massieren und sich wieder einmal in voller Lautstärke *die Stones* anhören.

Schon auf der Heimfahrt grölte er begeistert aus dem offenen Autofenster *You can´t always get what you want, you can´t always get …*

Als er den alten, leicht verbogenen Flaschenöffner aus der Küchenschublade holte, klingelte das Telefon.

Eine piepsige Stimme machte es Wolfgang leicht, den Anrufer zu erkennen: Mohan, den jungen Sekretär, bei dem sich Gerda zu einem mehrtägigen Seminar angemeldet hatte.

Ich möchte dich bitten, deine Frau abzuholen, sagte Mohan.

Was? Wieso denn das? Ich dachte, der Kurs läuft noch bis Ende kommender Woche?

Ja, stimmt, er ist noch lange nicht zu Ende. Aber es wäre besser für alle. Mehr kann ich jetzt nicht sagen, außer, dass es dringend wäre, wirklich sehr dringend! Kannst du gleich losfahren? fragte Mohan, wartete die Antwort aber gar nicht erst ab und legte auf.

Wenn Gerda vorzeitig nach Hause wollte, warum hatte sie ihn dann nicht selbst angerufen oder wäre in den nächstbesten Zug gestiegen und zurückgefahren? Und warum wollte Mohan sie nicht ans Telefon holen?

Eigenartig! Was hatte das alles wohl zu bedeuten?

09:59 - Die Namen

Die Erinnerung an die darauffolgenden Geschehnisse machte Wolfgang auch nach so langer Zeit noch sehr kribbelig.

Er holte den kleinen Tabakbeutel aus Baumwolle, der mit einem Aufdruck eines nicht gerade kitschigen, aber doch sehr romantischen Indianer-Motivs versehen war, aus der Schublade und rollte sich eine Zigarette. Eine Handlung, von der er glaubte, sie würde ihn beruhigen.

Immer schon liebte er den Duft von frischem Tabak, mehr noch als den Geruch von Leder, aber es war sehr selten geworden, dass er rauchte.

Während er kleine Ringe Richtung Lampenschirm blies, ließ Wolfgang seine Gedanken schweifen, bis sie an einem wunderschönen Seeufer hängen blieben.

∞∞∞∞

Er wusste, dass sich das neu eröffnete Seminarzentrum mehrere hundert Kilometer weit entfernt, am Ufer des Lago Maggiore, befand.

Im Flyer, den ihm seine Frau gezeigt hatte, waren Fotos von dem riesigen Anwesen abgedruckt. Schöne Villenanlage, gepflegter Park, Blick auf den See.

Wolfgang war zwar noch nie dort gewesen, aber er kannte Gabriel, den Leiter der Organisation, denn er hatte ein paar Mal an den Kursen des kleinen, dünnen, zappeligen Mannes mit zerfranstem Haar teilgenommen. Damals waren die Seminare noch in Deutschland oder Italien abgehalten worden, weil der Verein noch nicht genug Geld beisammenhatte, um ein eigenes Grundstück in der Schweiz zu erwerben.

Gabriel war in der Lage, lächelnd in Nullkommanichts mit Filzstift ein paar dünne Striche derart aufs Papier zu bringen, dass man sich dabei unmittelbar wiedererkannte. Diese Kritzeleien waren keine Portraits, sondern Bilder, die zeigten, wie Gabriel die Menschen sah: als sich in Bewegung befindliche Energie.

Meistens war er barfuß in fließend weißen Baumwollgewändern, umringt von seinen Anhängern, anzutreffen, dünne Zigarillos rauchend, die einen eigenartigen, warmen Duft verbreiteten. Anfänglich hatte Wolfgang diesen fälschlicher Weise für Haschisch gehalten, dabei handelte es sich einfach nur um handgerollte Tabakblätter aus Indien.

Es hieß, in der Umgebung dieses Mannes könne niemand bleiben wie er ist, denn Gabriels Einweihungen in die spirituellen Geheimnisse würden jeden von Grund auf verwandeln. Als Zeichen dieser Veränderung bedachte Gabriel jeden, der öfter als einmal zu seinen Meditationen oder Vorträgen kam, mit einem neuen Namen.

Schmunzelnd hatte er Gerda in *Nurana* umbenannt und dabei erklärt, sie sähe aus, als wäre sie im Besitz ewiger Jugend. Tatsächlich merkte man Wolfgangs Frau ihr Alter kaum an, sie machte immer einen frischen, jugendlichen Eindruck.

Wolfgang hingegen wurde von Gabriel mit ernster Miene *Tummo* getauft, das Sanskrit-Wort für *Inneres Feuer.* Gleichzeitig war Tummo die

Bezeichnung für eine tantrische Meditationsform mit dem Ziel, die Körpertemperatur stark zu erhöhen, um immun zu sein gegen niedrige Umgebungstemperaturen, aber auch um Energien von innen nach außen zu lenken und dadurch negative Gefühle und Gedanken zu verbrennen.

Wolfgang gefiel sein neuer Spitzname. Er erinnerte sich wieder, dass manche, die ihn zum ersten Mal erlebten, der Meinung waren, in ihm schlummere ein gewaltiger Vulkan, jederzeit bereit auszubrechen.

Er dachte an die Frau, die unaufgefordert von jedem der Gruppe, an der Wolfgang teilgenommen hatte, ein Bild gemalt hatte. Manche hatte sie als Blume, Regenbogen oder Tier dargestellt, andere als Indianer, Astronaut oder Heiler. Ihm aber hatte sie ein Bild von einem Berg übergeben, in dessen Innerem glühendrote Feuer loderten. Eine lange Leiter ragte nach oben bis an den Rand des Vulkans. *Always a chance to get out,* hatte die Künstlerin augenzwinkernd angemerkt.

Nurana und Tummo fühlten sich wohl unter den Dutzenden von Gleichgesinnten, die ebenso außergewöhnliche Namen hatten wie sie und Lakshmi, Karnesh, Mukti, Parvati, Shakti, Kamadeva oder Dharmaranda hießen.

Die beiden mochten die Vorträge über *das Eine* und liebten die Stille, die sich während der Meditationen in ihnen ausbreitete, aber ebenso sehr genossen sie das Lachen und Tanzen, die vielen Umarmungen und die allgemeine Leichtigkeit, die im Seminarzentrum herrschte.

Wieso also sollte sich Gerda dort nicht wohlfühlen? Oder wollte die Gruppe sie ausschließen? Aber hätte sie denn einen Grund dazu?

Wolfgang war noch nie ein Freund nächtlicher Autofahrten gewesen, aber er hatte keine Wahl, schließlich konnte er Gerda nicht im Stich lassen.

Nach ein paar Telefonaten packte er seine Reisetasche und machte sich voller Unruhe und Anspannung auf den langen Weg.

10:41 - Das Geschenk

Wolfgang rauchte genüsslich zu Ende. Als er aufstand, um das Fenster zu öffnen und frische Luft hereinzulassen, spürte er einen stechenden Schmerz, der ihn abrupt einbremste.

Eigenartig, dachte er, *meine Bandscheiben scheinen noch immer gespeichert zu haben, wie lange ich damals im Auto gesessen bin.*

∞∞∞∞

Mehr als sieben Stunden hatte er gebraucht, bis er endlich in die breite, von hohen Palmen umgebene Auffahrt einbiegen konnte.

Er war müde, aber auch schwer beeindruckt von den wunderbar duftenden, in rot, gelb, orange, hellblau, lila und schreiendem pink blühenden exotischen Pflanzen und den mannshohen, römischen Statuen, die den mit feinem, weißem Sand ausgelegten Weg säumten.

Kurz vor dem breiten, kunstvoll verzierten Tor des bestens erhaltenen Prachtbaus aus vergangenen Zeiten musste er ein paar Mal niesen. Er war allergisch gegen Pollen und Gräser.

Mohan erwartete ihn bereits in seinem Büro und drückte ihm als erstes eine große Tasse mit dampfendem, schwarzem Kaffee in die Hand.

Er sei erleichtert, dass Wolfgang so schnell auf seinen Anruf reagiert habe, erklärte er mit seiner unverkennbaren Stimme und informierte ihn, dass Nurana beim *Bodyflow* sei. Wolfgang konnte mit dem Begriff nichts anfangen, fragte aber auch nicht nach.

Mohan beteuerte, dass die Gruppe unter keinen Umständen gestört werden dürfe und schlug Wolfgang vor, sich inzwischen ein wenig die Beine zu vertreten und in dem großen Anwesen umzusehen.

Nachdenklich spazierte Wolfgang durch hohe Bogengänge, vorbei am zentral gelegenen Versammlungssaal, aus dem Obertöne drangen, hervorgerufen durch Reiben von Klangschalen und Aneinanderschlagen von Zimbeln. In den Wänden hatte sich leicht süßlicher Duft abgelagert, den er sofort als *Holy Smokes* wiedererkannte: Räucherstäbchen, die er bereits viele hunderte Male in seinem Geschäft verkauft hatte.

Es war Wolfgang nicht bewusst, aber er war dabei, sich wieder als *Tummo* zu fühlen.

Lachend kamen drei Männer aus einer Seitentür. Bevor sie hinter ihnen wieder leise ins Schloss fiel, konnte er einen kurzen Blick in den Saal werfen. Am Boden lagen Matratzen, eng aneinandergereiht. Sein übermüdetes Gehirn gaukelte ihm vor, darauf nackte Hintern und barbusige Frauen zu sehen, sowie Gestalten, die sich rhythmisch miteinander bewegten, streichelten, küssten, umarmten und stöhnten.

Nichts davon war real, abgesehen vom Matratzenlager, das eher an eine Lesenacht in einer Volksschule erinnerte als an einen Schauplatz für Ausschweifungen und Orgien.

Leicht verwirrt schlenderte er weiter. In der Mitte des Ganges, vor einem offenen Fenster, traf er auf einen großen, braungebrannten Mann mit kantigem Gesicht, weißem Muskel-Shirt und einer üppigen Goldkette um den Hals, der sich ihm grinsend breitbeinig entgegenstellte.

Du bist also Tummo, richtig? Warte, ich muss dir was sagen: Nurana ist vorgestern Nacht, nur in ein Leintuch gehüllt, in mein Zimmer gekommen und hat sich mir angeboten. Du weißt ja am besten, wie attraktiv deine Frau ist, trotzdem habe ich nicht mit ihr geschlafen und jeder, der etwas anderes erzählt, ist ein Lügner. Du kannst mir glauben, dass mir dieser Verzicht nicht leichtgefallen ist. Aber ich hatte von Mohan erfahren, dass ihr zwei schon eine Zeit lang als Paar zusammen seid und dachte mir, damit würde ich dir ein Geschenk machen.

Du brauchst mir nicht zu danken. Es war wichtig für mich, standhaft zu bleiben und nicht in mein übliches Verhalten zu verfallen, denn normaler Weise ficke ich jede, die nicht bei drei auf den Bäumen ist.

Wir haben nur geredet, es ist nichts passiert, obwohl sie keinen Zweifel an ihren Wünschen und Absichten ließ. Sie ist wohl auch ein wenig enttäuscht wieder abgezogen.

Aber pass auf sie auf, ein zweites Mal kann ich für nichts garantieren!

Tummo dröhnte der Schädel. Hatte ihm der Möchtegern-Rapper einen Bären aufgebunden oder steckte vielleicht wirklich ein Körnchen Wahrheit in der Geschichte?

Benommen, als hätte er tagelang durchgesoffen, bog er um die Ecke, wo ihm lächelnd, Hüften schwingend, Nurana entgegenlief, ihre Hände seitlich ausgestreckt, als wäre sie ein Vogel, der vom Boden abhebt. *Seine* Nurana!

Wölfchen, was machst DU denn hier?

Erfreut drängte sie sich an ihn, küsste ihn mitten auf den Mund und leckte hingebungsvoll seine Lippen.

Bevor sie zubiss.

11:02 - Der Wasserfall

Wolfgang fuhr sich mit dem Finger mehrmals über den Mund. Als ihm das bewusst wurde, sinnierte er über all die tagtäglich gedankenlos durchgeführten Bewegungen und Handlungen der Menschen. Bis die Erinnerung seine Überlegungen wieder zunichtemachte.

∞∞∞

Der Blutstropfen an seiner Lippe war längst eingetrocknet, als er am späten Nachmittag mit Nurana durch den Park spazierte. Sie hatte sich bei ihm eingehängt und wollte ihm etwas zeigen.

Nachdem sie seitlich Richtung Wald abgebogen waren, erreichten sie nach kurzer Wanderung ein Plateau, das einen atemberaubenden Blick auf den langen, schmalen, smaragdgrünen See bot. Tummo wollte die Aussicht genießen, doch Nurana meinte, sie hätten ihr Ziel noch nicht erreicht und drängte gleich wieder zum Aufbruch.

Der Wind rauschte und die Vögel zwitscherten, doch Tummo nahm im Hintergrund noch ein anderes Geräusch wahr, das beständig lauter wurde, je höher der schmale Schotterweg die beiden hinaufführte.

Der Pfad endete schließlich vor einer steilen Felswand, an der eine Unmenge an Wasser tosend herabstob, in einem Becken aus Sand, Kies und kleinen Steinen landete und von dort aus am Fels entlang weiterfloss bis es um die Ecke unter grünem Dickicht verschwand.

Sonnenstrahlen hatten in den Wasserfall einen kleinen Regenbogen gezaubert und Tummo spürte die kühle, feuchte Luft an seinem Gesicht, während er fasziniert den Tanz bunter Schmetterlinge beobachtete, die am Rande der Gischt auf und ab flatterten.

Nurana hatte geschwiegen, bis sie hierher gelangt waren, doch jetzt begann sie voller Begeisterung von ihrem *spirituellen Erlebnis*, wie sie es nannte, zu berichten: Lichtreflexe, unglaublich intensives Körpergefühl, Fetzen der Erinnerung an die versunkene Welt von Atlantis, Orbs, Zeitlosigkeit und schließlich sogar ein Engel mit vier Flügeln. Sie war sich sicher, dass es Erzengel *Metatron* gewesen war, der ihr erschienen sei und zu ihr gesprochen hatte, ohne dabei Worte zu verwenden. Leider konnte sie ihn nicht verstehen, sagte sie traurig und fügte hinzu: *Aber letztendlich nahm eine Empfindung überhand, nämlich das Gefühl, sterben zu wollen.*

Plötzlich verwandelte sich ihr Gesicht in eine grässliche Fratze, die zornig den Satz ausspuckte: *Aber dann haben sie mich weggezerrt!*

11:58 – Der Apfel

Auch ihn würden sie mit Gewalt von hier wegschleppen müssen, freiwillig würde er auf keinen Fall mitkommen.

Wolfgang nahm den halben Apfel, der auf der Kommode lag und fragte sich, wo die andere Hälfte abgeblieben sei. Er hatte vergessen, dass es sich dabei um ein Überbleibsel vom Vortag handelte.

Das schmatzende Geräusch im Mund frischte seine Erinnerung auf.

∞∞∞

Nurana hatte an einer Abendmeditation teilgenommen. Für Tummo der ideale Zeitpunkt, um Mohan im Sekretariat aufzusuchen, bevor er mit seiner Frau die Rückfahrt antreten würde.

Endlich war dieser bereit, Wolfgangs Fragen zu beantworten.

Vor ein paar Tagen zog sich deine Frau bis auf ihr T-Shirt aus und stellte sich unter einen Wasserfall, begann Mohan seinen Bericht. *Das eiskalte Wasser ließ ihre Lippen blau werden, sie zitterte am ganzen Körper und doch konnte sie von niemandem dazu überredet werden, die Dusche zu beenden.*

Beinahe eine halbe Stunde lang stand sie dort, bis wir sie schließlich gegen ihren Willen wegbrachten, um sie vor dem Kältetod zu bewahren. Sie wurde in eine dicke Wolldecke gehüllt und kräftig massiert. Wir gaben ihr heißen Tee zu trinken, doch sie starrte nur unentwegt vor sich hin. Zwischendurch gab sie unverständliche Laute von sich.

Mohan räusperte sich, bevor er fortfuhr.

Am nächsten Tag warf sie mit rohen Eiern herum und wurde beim Versuch erwischt, sämtliche Vorhänge von den Fenstern zu reißen. Und gestern, als alle beim Frühstück saßen, stieg sie auf den Tisch und legte los mit allerlei Beschimpfungen.

Mohan stoppte, machte eine verzweifelte Handbewegung und schloss mit den Worten: *Deshalb habe ich dich angerufen.*

In Tummo breitete sich bleierne Müdigkeit aus, wobei der Grund dafür wohl nicht nur in der langen, nächtlichen Autofahrt oder mangelndem Schlaf zu suchen war.

Mohan erkannte, dass Tummo am Ende seiner Kräfte war und riet ihm, die Heimreise ausgeruht anzutreten und daher sicherheitshalber um einen Tag zu verschieben. Er bot ihm sogar eine kostenlose Übernachtung im Zentrum an.

Tummo überlegte kurz und willigte genau in dem Augenblick ein, als Nurana zuckersüß lächelnd den Raum betrat.

Mohan zeigte den beiden ihr Schlafgemach. Ein holzgetäfelter Raum mit mittelalterlichem Flair, in dem zur Wand hin ein schwerer Holztisch und zwei üppig in Rot gepolsterte Stühle standen. Gaurima und Premadevi waren soeben fertig geworden, das Bett für die beiden Gäste zu beziehen und brachten einen großen, rotglänzenden Apfel auf einem verzierten Teller, den sie auf den Tisch neben einen Kerzenhalter aus Messing stellten. Dann zündeten sie kichernd eine weiße Stabkerze an und wünschten mit verschwörerischer Mine *angenehme Nacht,* worauf auch Mohan sich verabschiedete und die Tür hinter sich schloss.

Nurana öffnete sogleich eines der zwei Fenster zum Innenhof. Sobald die frische, kühle Abendluft hereinströmte, begann das Kerzenlicht zu flackern und etwas Wachs tropfte auf den Tisch. Tummo nahm den Apfel und schnitt ihn klein. Er roch süß.

Nurana biß in eine der Spalten und verzog sogleich das Gesicht. *Der Apfel schmeckt säuerlich,* stellte sie fest und überlegte laut: *Ob sie ihn vergiftet haben?*

Tummo mochte Äpfel nicht besonders, aber um ihre Bedenken zu zerstreuen, nahm er ein Stück und aß es auf. *Ich glaub nicht,* sagte er.

Nachdem sie zuerst sich und dann Tummo entkleidet hatte, schlüpften beide unter die dünne, gehäkelte Decke aus zusammengenähten bunten

Karos. Zögerlich tauschten sie miteinander zärtliche Berührungen aus bis sie übereinander heiß und ungestüm herfielen und sich innig liebten.

Und doch blieben sie dabei vollkommen stumm.

12:23 - Das Gasthaus

Wolfgang schluckte den letzten Bissen der halben *Pizza Delicata* hinuter, die er tags zuvor bestellt und nun im Backrohr aufgewärmt hatte und leerte zum zweiten Mal ein randvoll gefülltes Glas Rotwein aus dem Douro-Tal.

Gerne wäre er noch einmal, wie damals mit seinen Söhnen, von Porto aus mit einem traditionellen Rabelo-Boot gemächlich zwischen saftig-grünen Weinbergen flussaufwärts getuckert und hätte anschließend in einer der Quintas Portwein verkostet, Tawny oder LBV, aber dafür war es nun eindeutig zu spät.

Sein Appetit hatte in letzter Zeit merklich nachgelassen, trotzdem zwang er sich zu regelmäßigem Essen, schließlich brauchte er Kraft um sich zu wehren, wenn sie ihn holen wollten.

Wie würden sie es überhaupt anstellen? Ihn betäuben oder mitten in der Nacht entführen?

Seine dunklen Ahnungen ermüdeten ihn, doch bevor ihm die Augen zufielen, entdeckte er einen Vogel, der auf einem Ast draußen vor dem Fenster saß und ihn interessiert beobachtete.

Wolfgangs Gedanken wandten sich erneut dem zu, was vor vielen Jahren geschehen war.

∞∞∞∞

Tummo hörte die Vögel vor dem Fenster laut pfeifen, als er erwachte. Nutan hatte bereits ihre Sachen zusammengepackt und schien guter Dinge zu sein.

Auch er freute sich darauf, wieder in ihre gemeinsame Wohnung zurückzukehren, die sie mit weichen Teppichböden aus Baumwolle und weißen Futonbetten eingerichtet hatten, aber er fand es auch sehr schade, die ruhige Atmosphäre des Seminarzentrums verlassen zu müssen.

Zuhause wäre er wieder der seriöse Buchhändler und Unternehmer, der sich mit Ein- und Verkäufen, Rechnungen, Schulden, Rückzahlungen sowie unzuverlässigen Lieferanten, andauerndem Mitarbeiterinnenwechsel und lästigen Kunden herumplagen müsste. Als Tummo hingegen war er immer frei von alldem gewesen.

Schon während der kurzen Zeitspanne, in der Tummo mit Nurana das Seminarzentrum verließ, mit dem Auto in die breite Hauptstraße einbog und im Rückspiegel die Palmen immer kleiner wurden bis sie schließlich ganz verschwanden, war er bereits wieder zu *Wolfgang* geworden.

Nach einigen Stunden Fahrt, während der Nurana zu ihren Lieblingsliedern fröhlich mitgeträllert hatte, hielten sie an einem Gasthof an.

Mit knurrendem Magen setzten sie sich an den einzigen noch freien Tisch in der Mitte des Raumes und bestellten ihr Essen, das glücklicherweise nicht lange auf sich warten ließ.

Gehörst du auch zu denen?

Nurana sprach in einer eigenartigen, dunklen Stimmlage, die er nicht kannte, aber ihn augenblicklich frösteln ließ.

Natürlich steckst du mit ihnen gemeinsam unter der Decke!

Sie blickte ihn böse an und deutete, wild mit dem Messer um sich fuchtelnd, auf die Gäste an den anderen Tischen.

Selbstverständlich kannte er hier niemanden und überhaupt, was sollte das heißen, *mit ihnen gemeinsam unter der Decke stecken?*

Nuranas eigenartiges Verhalten traf ihn völlig unvorbereitet, denn beim Aufstehen, Frühstücken, Zusammenpacken und sich Verabschieden war ihm nichts Ungewöhnliches aufgefallen.

Ich weiß ganz genau, dass du einer von denen bist, gib es doch zu, forderte ihn Nurana schreiend auf.

Wolfgang sprach beruhigend auf sie ein und rief Richtung Kellnerin: *zahlen, bitte!*

Nurana brüllte: *Ihr alle habt euch gegen mich verschworen, aber ich weiß Bescheid, ich weiß alles! ALLES! ALLESSSSSSSSSSSSSSSSSSSSSSSS!*

Wolfgang musste intensive Überzeugungsarbeit leisten, um seine aufgebrachte Frau wieder zurück ins Auto verfrachten zu können. Kein Zweifel, er musste sie so bald wie möglich zu einem Arzt bringen.

13:15 – Die Kügelchen

Wolfgang war kurz eingenickt. Als er wieder erwachte, spürte er brennenden Schmerz in seinen Knochen. Trotzdem zwang er sich, aufzustehen und den Teller zurück in die Küche zu tragen.

∞∞∞

Er begleitete Gerda zu einem bekannten Arzt, der *ganzheitlich und ayurvedisch* auf seiner Visitenkarte stehen hatte, ihr sofort ein weißes Kügelchen in den Mund steckte und weitere, ein Röhrchen voll davon, in die Hand drückte.

Jeden Tag drei Mal fünf Stück, lautete seine Anweisung. Dabei deutete er auf ein kleines Kärtchen, das er vor sich auf dem Schreibtisch liegen hatte und worauf verschiedene Begriffe zu lesen waren, von denen

Wolfgang noch nie gehört hatte. Mehrere Pfeile machten deutlich, dass alles irgendwie miteinander verbunden sei.

Der Doc sprach von Ungleichgewicht der *Doshas*, von *Agni, Pitta* und *Gunas* und dass *die Globuli* alles wieder in Ordnung bringen würden.

Wolfgang war keineswegs überzeugt und Gerda starrte ohnehin die ganze Zeit unbeteiligt in die Luft.

Überraschender Weise lief nach einigen Wochen tatsächlich alles wieder etwas besser.

Gerda machte ausgiebige Spaziergänge und betete in einer Kapelle, die ausschließlich aus Rinde und Moos zu bestehen schien, um Beistand von *Lady Nada, Mutter Maria* und *Maria Magdalena*, während ihr Bauchumfang stetig zunahm.

Auf Empfehlung des Arztes führten die beiden nun regelmäßig das *Agni Hotra* Ritual durch: Bei Morgengrauen richteten sie eine viereckige Kupferschale in Form einer umgedrehten Pyramide exakt nach den Himmelsrichtungen aus und entzündeten darin mit Ghee, also indischem Butterschmalz, und getrocknetem Kuhdung ein kleines Feuer. Daraufhin warfen sie etwas Reis und kleine Hölzchen aus Salbei hinein, stimmten ein Mantra an und meditierten, bis das Feuer zu Ende gebrannt war. Bei Sonnenuntergang wiederholten sie die Zeremonie.

Gerda nahm an einem Gruppengeschehen teil, um ein Band, das ihr angeblich von *Wesen von den Plejaden implantiert* worden war, entfernen zu lassen. Wolfgang runzelte die Stirn, als er davon hörte, ließ es aber dabei bewenden. Auch wenn er bereits Jahrelang meditierte und sich intensiv mit verschiedensten Themen der Esoterik befasste, was wusste er denn schon über feinstoffliche Ebenen?

Seine Welt war eine kleine Buchhandlung in einer unscheinbaren Ecke am Rande einer vielbefahrenen Straße.

13:44 - Die Belastung

Beim Abwasch fiel ihm ein Messer aus der Hand. Er bückte sich, um es aufzuheben, dabei sah er plötzlich wieder seine Kinder, 3, 4 und 5 Jahre alt, am Boden sitzen. Sie hatten allerlei Töpfe und Pfannen vor sich hingestellt, hielten in ihren Händchen Kochlöffel, Gabeln oder kleine Hölzer und machten damit Musik, wobei sie lauthals lachten.

Gerdas Augen hatten während dieser Augenblicke genauso gestrahlt wie seine. Ein unvergesslicher Anblick!

∞∞∞∞

Es ging Schlag auf Schlag.

Wolfgang wurde ein Geschäftslokal in besserer Lage angeboten und natürlich sagte er nicht *nein* dazu.

Nach Übersiedlung seiner Buchhandlung, die er *Sphinx* benannt hatte, machte er Gerda einen Heiratsantrag. Auch sie sagte nicht *nein*.

Die Flitterwochen verbrachten sie in der Toskana, da war seine Angetraute bereits unübersehbar schwanger.

Nachdem Aaron zur Welt gekommen war, übersiedelten sie von der kleinen Mietwohnung im ersten Stock in ein großes, ebenerdiges Haus am Sonnenplateau, aus dicken Holzpfosten erbaut und umgeben von Föhren und Wacholdergestrüpp.

Wolfgang legte einen Teich an, Gerda setzte Karotten, Radieschen und Kräuter in einem Beet an. Vom Schlafzimmerfenster aus konnten sie beobachten, wie frühmorgens Rehe vorbeikamen und sämtliche Salatköpfe auffraßen.

Ihr Söhnchen war unkompliziert, ein kleiner Sonnenschein, den sie überall hin mitnahmen. Auf Grund seines ausgeglichenen Gemüts nannten ihn manche einen kleinen Buddha.

Bereits ein Jahr später kam Kevin dazu, ein zartes, lustiges Wesen mit hellen Augen, die seine Verbundenheit mit der geistigen Welt erkennen ließen. Er war schmächtig, hatte Probleme beim Trinken und ließ sich oft nur beruhigen, wenn er eine halbe Stunde im Kinderwagen geschoben oder auf den Kindersitz im Auto verfrachtet wurde. Wolfgang musste dann so lange mit ihm in der Siedlung herumkurven, bis er endlich eingeschlafen war.

Im Jahr darauf, nach der Geburt von Matteo, der es ebenso wie seine Brüder ziemlich eilig hatte und bereits auf dem Weg ins Krankenhaus zur Welt gekommen war, zogen sie zurück in die Stadt. Allein mit den Kindern im großen Haus am Waldesrand war Gerda einsam gewesen.

Größere Wohnungen waren Mangelware, aber es gelang Wolfgang, eine ruhige, sonnige Dachgeschoßwohnung in einer alten Villa anzumieten. Nicht billig, aber geräumig genug für eine fünfköpfige Familie.

Es war nur eine Frage der Zeit, bis sich der dritte Stock ohne Lift für eine Mutter mit drei Kleinkindern als sehr beschwerlich und nervenaufreibend entpuppen würde. Jung und voller Energie hatte Wolfgang keinerlei Gedanken an die vielen Stufen verschwendet.

Wolfgang wusste, dass seine Frau mehr Unterstützung benötigte, als er ihr geben konnte, schließlich hatte er selber tagtäglich jede Menge Arbeit in seiner Buchhandlung zu erledigen und zusätzlich an den Wochenenden mit den von ihm organisierten Seminaren alle Hände voll zu tun.

Einmal rettete er einem Vortragenden vielleicht sogar das Leben, indem er gerade noch rechtzeitig das passende Medikament besorgen konnte. Eine bei der langen Anfahrt aus dem Ausland konsumierte, verdorbene Wurst war die Ursache der Vergiftung gewesen.

Ein anderer Kursleiter erklärte, er könne die Rückreise nur antreten, wenn Wolfgang in der Lage wäre, ein seltenes Ersatzteil für sein Auto aufzutreiben. Es war an einem Sonntag, also keine einfache Aufgabe gewesen.

Bei den meisten Seminaren stellte Wolfgang für die Teilnehmer einen Bücherstand auf und betreute ihn. Natürlich blieb da nicht viel Zeit für die Familie übrig. Logisch, dass Gerda zuhause Hilfe brauchte.

Es kam ihnen zu Ohren, dass ein Au-Pair-Mädchen bei ihren derzeitigen Arbeitgebern, einer bekannten Arztfamilie, todunglücklich sei und eine neue Stelle suche. Sofort engagierten sie die kleine Schwedin und waren überrascht, wie gut diese mit ihren drei Kindern umgehen konnte.

Zusätzlich würde bald eine ältere, aber äußerst agile Frau ihren Dienst antreten und zweimal pro Woche kochen, waschen, bügeln und den hellen Teppichboden saugen.

Aber solange konnte seine Frau nicht durchhalten. Die Belastung war zu groß, die Sicherung brannte durch.

14:03 - Die Messer

Wolfgang hatte das Pizza-Messer gesäubert und hielt es nachdenklich in seiner zitternden Hand, während weiterhin Wasser in das Spülbecken spritzte.

∞∞∞∞

Ich habe alle Messer weggeräumt, um nicht die Kinder oder dich zu verletzen, erklärte ihm seine Frau mit leerem Blick und bat ihn mit eigenartiger, fremd klingender Stimme: *Bringst du mich bitte in die Psychiatrie?*

Ihn fröstelte.

Wolfgang war wie üblich abends nach der Arbeit heimgekommen, aber anders als sonst schienen die Kinder schon zu schlafen, denn Gerda saß allein im Wohnzimmer.

Sie hatte ihn mit einem Lächeln begrüßt, das abgelöst wurde von einem feindseligen Gesichtsausdruck, so als wolle sie ihm an die Gurgel. Gleich darauf wechselte ihre Mine erneut und sie starrte ihn gänzlich ausdruckslos an, als sähe sie ihn zum ersten Mal oder würde durch ihn hindurchblicken.

Wolfgang hatte von Fremdenergien gehört und gelesen und wenn ihm in diesem Augenblick jemand erklärt hätte, seine Frau sei von einem bösen Geist besessen, hätte er es sicherlich nicht in Zweifel gezogen.

Seine Frau jagte ihm Angst ein, aber Wolfgangs Psyche war stabil genug, um nicht die Beherrschung zu verlieren, sondern zu tun, was nötig war.

Es war offensichtlich, dass Gerdas Gemütszustand nicht in Ordnung und ihr Geist gestört war, trotzdem wollte er sie nicht gleich in die Klapsmühle einliefern. Er überlegte. Es musste doch auch einen anderen Weg geben.

Wenn ein Facharzt ihr ein starkes Beruhigungsmittel oder ein paar Schlaftabletten verschriebe, könnte sie sich gewiss rasch wieder erholen und nach ein paar Tagen wäre wieder alles im Lot. Das müsste doch möglich sein, oder nicht?

Hektisch begann er zu telefonieren.

14:15 – Der Facharzt

Als Wolfgang den Tisch abwischte, entdeckte er ein einzelnes schwarzes Haar.

Er fragte sich, von wem es stammen könnte. Von ihm natürlich nicht, seine waren schon seit langem weiß und dünn.

Früher einmal, da konnte er eine dichte Mähne vorweisen, die bis zu den Schultern herab reichte, aber seine Haare waren dunkelbraun gewesen, nicht schwarz.

Doch dann fiel ihm ein Schwarzhaariger ein, obwohl, nein, natürlich konnte dieses Haar unmöglich von ihm stammen, außerdem hatte der Mann wahrscheinlich längst eine Glatze oder war schon tot.

∞∞∞

Irgendwie war ihm der Name des Psychiaters bekannt vorgekommen, der Gerda und ihn an der Tür zu seiner Privatwohnung in Empfang nahm. Doch als er dem schmächtigen Mann mit dem schwarzen, wuscheligen Haar die Hand gab, wusste er, dass er ihm noch nie zuvor begegnet war.

Oh, du musst Wolfgang sein, habe ich recht? Du siehst deinem Bruder sehr ähnlich, mit dem ich vier Jahre im Internat verbracht habe, deshalb habe ich dich sofort erkannt. Was ist aus meinem Freund aus alten Tagen geworden, wo wohnt er jetzt, was macht er, ist er verheiratet oder nicht, er war ja immer schon ein kleiner Draufgänger, jeden Donnerstag ist er heimlich zum Tanzen ausgebüchst, hast du das gewusst? Hat er Kinder, wie viele, wie alt? Ich habe ihn so lange nicht mehr gesehen, geht es ihm gut?

Wolfgang unterbrach den Wortschwall und beteuerte, auch er habe nur selten Kontakt zu seinem Bruder, aber er wäre nicht hier, um über diesen zu reden, sondern wegen der Verschreibung von Medikamenten. Dabei deutete er auf Gerda, die wie eine Gummipuppe am Türrahmen lehnte und unzusammenhängende Worte vor sich hin brabbelte.

Plötzlich richtete sie sich auf, ließ theatralisch die weiße Baumwolldecke fallen, die Wolfgang ihr beim Rausgehen noch rasch umgehängt hatte und zeigte dem Doktor, dass sie nur mit einem dünnen Pyjama bekleidet war, dessen Oberteil sie verkehrt herum zusammengeknöpft hatte. Sie begann zu tanzen.

Nein, Rezept könne er ihr keines ausstellen, meinte der Wuschelkopf, da wäre ambulant nichts mehr zu machen, der beste Platz für sie sei in der Psychiatrie. Aber Wolfgang solle auf keinen Fall vergessen, seinem Bruder schöne Grüße zu bestellen und ihm auszurichten, dass er sich doch einmal bei ihm melden solle, seine Nummer und Adresse stünden ja im Telefonbuch und es wäre ja wirklich schon so lange her, dass sie damals...

Wolfgang hörte nicht mehr hin.

Schweren Herzens brachte er seine Frau in die Klinik, wo er sie zwei Pflegern übergab, die sie lächelnd in Empfang nahmen und sie zu einem Krankenbett führten.

Wolfgang schloss die Tür der Abteilung, die, wie er erst jetzt bemerkte, nur von innen einen Türgriff aufwies.

Er fuhr nach Hause und machte sich auf die Suche nach den Messern.

14:33 – Das Werkzeug

Wolfgang begab sich zurück in seinen Sessel und starrte geistesabwesend auf den leeren Platz im Regal, an dem einmal seine Werkzeugkiste gestanden hatte.

∞∞∞∞

Trotz schlafloser Nacht schaffte er es irgendwie, das Wichtigste auf die Reihe zu kriegen: Frühstück richten, zwei Kinder zur Kindergruppe und eines in den Kindergarten bringen, Geschäft aufsperren, Lieferungen auspacken, Kunden betreuen, Bestellungen aufnehmen und weiterleiten, Aushilfen organisieren, Vertretertermine absagen, einkaufen, Kinder abholen und nachmittags betreuen, gegen Abend die Aushilfskraft wieder ablösen, Geschäft zusperren, Kassa abrechnen, schnell wieder nach Hause, Abendessen zubereiten, die Kinder zu Bett bringen, anschließend noch die wichtigsten Büroarbeiten erledigen und überlegen, wie es gelingen könnte, auch den nächsten Tag zu überstehen.

Wolfgang bat seine Mutter um Hilfe, die sich sofort bereit erklärte, ihn im Haushalt und bei der Kinderbetreuung zu unterstützen.

Am nächsten Abend, nachdem die Kinder endlich eingeschlafen waren, stellte er sich den bohrenden Fragen seiner Mutter, die im Grunde auch seine eigenen waren. Aber da er die Ursachen für Gerdas Nervenzusammenbruch genauso wenig kannte, kreiste das Gespräch ergebnislos rund um das schwierige Thema.

Wolfgang öffnete den Werkzeugkasten, legte Hammer, Schraubenzieher und sämtliche Zangen auf die Seite, schüttete den Rest auf den Tisch und begann zu sortieren. Seine Mutter half ihm dabei.

Allmählich entstanden Häufchen aus Nägeln, Schrauben, Muttern, Beilag-Scheiben, Reißnägeln, Simmerringe und sonstigem Kleinmaterial. Als er fertig war, legte er alles fein säuberlich getrennt in kleine Schatullen aus durchsichtigem Plastik.

Als seine Mutter zu Bett gegangen war holte er das Nähkästchen vom Regal und begann damit, die vielen Knöpfe nach Größe und Farbe zu ordnen. Ein absolut sinnloses Unterfangen, das war ihm bewusst. Es ließ ihn jedoch erkennen, dass er auf die bedrohliche Situation zwanghaft reagierte. Am liebsten hätte er dieses Chaos sofort wieder in Ordnung gebracht, alles Ver-rückte wieder an den richtigen Platz gestellt.

Als er nichts mehr fand, was er voneinander trennen oder einander zuordnen konnte, fing er an zu weinen.

14:57 – Die Trennung

Wolfgang nahm zwei rotbraune Tabletten aus der Schachtel, schluckte sie rasch hinunter und spülte mit einem Glas warmem Wasser nach.

Erst nach sieben langen Wochen wurde seine Frau, ausgerüstet mit den passenden Medikamenten, aus der Psychiatrie entlassen.

Gerda und Wolfgang versuchten, wie zuvor als Paar zu leben und mit ihren Kindern gemeinsam als Familie zu funktionieren. So als wäre nichts passiert.

Sie übersiedelten in ein Reihenhaus mit Garten, in dem die Jungs mit den Nachbarkindern nach Herzenslust herumtoben konnten. Wolfgang baute ein Spielhaus mit Rutsche, legte einen großen Teich an und ließ zwei täuschend echt aussehende Plastikenten darin herumschwimmen.

Doch der Gedanke, dass es besser für alle wäre, würden sie getrennt leben, ließ sich nicht länger verdrängen. Also suchte sich Gerda ein eigenes Domizil.

An jedem zweiten Wochenende sollten die Kinder sie in ihrer Garçonnière besuchen kommen, den Rest würde Wolfgang übernehmen, wodurch Gerda ausreichend Zeit bekäme, sich um ihre Gesundheit zu kümmern.

Als erstes reduzierte er den Wohnbereich um die Hälfte und dadurch auch ein wenig die Miete, bevor er mit den Kindern in eine zentral gelegene Altbauwohnung übersiedelte, wodurch sich die Entfernung zu den drei verschiedenen Schulen der Kinder deutlich verringerte. Danach, als er sich die üppige Miete nicht mehr leisten konnte, zogen sie wiederum an den Stadtrand, wo sie auf sehr beengtem Raum lebten.

Meistens, wenn er die Kinder bei Gerda vorbeibrachte, hatte sie tiefe, schwarze Ringe unter den Augen. Oft, wenn er mit ihr telefonierte, weinte sie. Manchmal unternahmen sie alle gemeinsam etwas, aber es war nicht zu übersehen, dass Gerdas Gedanken ziemlich finster waren und ihr Herz sehr schwer.

Auch wenn es gute Neuigkeiten zu berichten gab, war es seiner Frau kaum möglich, das Positive zu erkennen. Wolfgang war genervt von ihren Befürchtungen, Ängsten und düsteren Gedanken.

Es lag nun in erster Linie an ihm, für die Kinder da zu sein: Essen, Kleidung, Hausaufgaben, Sprechstunden, Nachhilfe, Elternabende, Krankheiten, Zwiebelwickel, Streitereien, Zahnarzt, das ganze Programm eben, das allen Eltern bestens bekannt ist.

Aber natürlich auch Spiele, Spaß, Schabernack und viele Ausflüge. Einmal reiste er mit den Kindern mit der Bahn nach Rom, ein andermal flogen sie gemeinsam nach London.

Es war Wolfgang klar, dass er die familiäre Lebensgrundlage nicht außer Acht lassen durfte. Tatsächlich gelang es ihm, seinen kleinen Bücherladen in eine der größten Fachbuchhandlungen weit und breit zu verwandeln. Seine *Sphinx* war eine Institution, ein Zentrum, ein Treffpunkt, von dem alle schwärmten und der nicht mehr wegzudenken war.

Auf die Frage, wie er es geschafft hatte, Familie und Beruf unter einen Hut zu bringen, wusste er später keine Antwort und schüttelte nur nachdenklich den Kopf.

Es war unüblich, dass Männer als Alleinerzieher fungierten, für gewöhnlich übernahmen die Mütter diese Rolle. In seinem Umfeld kannte Wolfgang nur einen einzigen Vater, der seine beiden Kinder alleine aufzog: Sunny.

Sein bester Freund aus der Schulzeit, hatte ihn ziemlich verzweifelt angerufen und auf ein Treffen gedrängt. Erst beim dritten großen Bier rückte Sunny damit heraus, was ihn bedrückte. Mit säuerlicher Mine erklärte er: *Die Mama der Kinder will sich selbstverwirklichen und die Scheidung noch dazu.*

Rückblickend sagte Wolfgang: *Es ging nie um das nächste Monat, auch nicht um die nächste Woche, sondern immer nur darum, den Tag zu überstehen. Einen Tag nach dem anderen. Dadurch lernte ich, im Augenblick zu leben. Im Hier und Jetzt.*

Eines Tages hatte er damit angefangen, auf die grauen Wandfliesen des WCs Zeitungsausschnitte zu kleben. Winzige Bilder von schönen Plätzen, Parks und Kraftorten. Keine Menschen darauf, nur Grün, Grün, Grün. So, als sollte es ihn erinnern, dass das Leben nicht nur Scheiße wäre, sondern auch Wunderbares zu bieten hätte, wenn man lange genug danach suchte.

Nach zwanzig Jahren ließ er sich von Gerda scheiden.

15:09 – Die Pinsel

Wolfgang dachte oft an den Satz *von der Kraft, die stets das Böse will und doch das Gute schafft.* Immer wieder hatte er erlebt, wieviel Wahrheit darin steckte.

Doch jetzt, da sie ihn bald holen werden und die Hölle auf Erden auf ihn wartete, war ihm jegliche Zuversicht, die ihn bisher sein Leben lang begleitet hatte, völlig abhandengekommen.

Wer kann schon optimistisch nach vorne blicken in der Gewissheit, dass es keine Zukunft für ihn gibt?

∞∞∞∞

Die gesundheitliche Situation von Gerda besserte sich von Jahr zu Jahr. Eine Fachärztin hatte ihr erklärt, es könne vorkommen, dass eine der Verbindungen im Gehirn nicht mehr funktioniere, das sei jedoch nicht weiter schlimm, da es Tabletten gäbe, die beide Enden der Synapsen wieder verbinden würden. Wichtig dabei sei nur, dass Gerda regelmäßig ihre Medikamente einnehme, um die Krankheit in Schach zu halten.

Gerda lernte, nicht an ihrem Schicksal zu verzweifeln, sondern kreativ damit umzugehen. Sie besorgte sich Pinsel, Farbe und Leinwand und wurde zu einer eifrigen Künstlerin, deren Bilder die Betrachter mit einem positiven Gefühl zurückließen.

Für Wolfgang war Gerda der lebende Beweis dafür, dass man mit Geduld und Selbstliebe auch äußerst schwierige Lebenssituationen zu bewältigen vermag, doch was bedeutete das für ihn? Wolfgang suchte fieberhaft nach einem Ausweg, seinem düsteren Schicksal zu entkommen.

15:37 - Die Reißleine

Wolfgang suchte hektisch nach dem *Buch der Auslösungen.*

Er vermutete, in den darin enthaltenen Tabellen wäre der genaue Zeitpunkt ausfindig zu machen, an dem sie ihn fortschaffen wollten.

Mit diesem Wissen könnte er rechtzeitig die Türe verbarrikadieren und all die starken Tabletten schlucken, die er für diesen Fall beiseitegelegt und in einer großen, tibetischen Klangschale im Regal, ganz oben, versteckt hatte.

Kein Zweifel, der Medikamentenmix würde tödlich sein.

Obwohl er die gesamte Wohnung zweimal durchsuchte, konnte er das Nachschlagewerk nicht finden.

Wolfgang ließ den Kopf hängen und murmelte: *Sie werden es mir wohl gestohlen haben, während ich in der Küche war.*

∞∞∞∞

Er hätte es merken müssen, spätestens als er Anette auf dem Weg zur Astrologin begleitete und sie sich bei ihm einhakte, denn die Schritte von ihnen beiden passten nicht zueinander.

Es fühlte sich überaus holprig an mit ihr an seiner Seite. Von Gleichschritt keine Spur, von Übereinstimmung keine Rede und obwohl sie in etwa gleich groß waren, gaben sie kein gutes Bild ab.

Ein paar seiner Freunde waren so ehrlich, Wolfgang eindringlich darauf hinzuweisen, dass Anette nicht mit ihm harmoniere. Doch er ignorierte ihre Warnungen in der Annahme, sie wären nur neidisch auf ihn, weil er mit so einem jungen Ding, immerhin war sie vierzehn Jahre jünger als er, seine Nächte verbrachte. Heiße Nächte. Ohne es zu merken, schnalzte Wolfgang mit der Zunge.

Mehr als einmal bekam er zu hören, dass er lieber warten solle, etwas Besseres würde schon noch kommen.

Was sollte das denn heißen, *etwas Besseres?*

Außerdem hatte er die Vision einer gemeinsamen Zukunft mit ihr mehrmals während seiner schamanischen Reisen erlebt.

Er konnte doch nicht leugnen, gesehen, nein, erfahren zu haben, dass sich mit ihr ein neues Kapitel in seinem Leben auftun würde.

Mit ihr zusammen würde etwas Neues entstehen und das fühlte sich richtig gut an. Er sah noch das Bild vor sich, das ihm während einer Meditation in den Sinn gekommen war: Sie hatten gemeinsam mehrere Samen in die Erde gelegt, aus denen wunderschöne Pflanzen in den hellblauen Himmel wuchsen.

Deshalb konnte er auch darüber hinwegsehen, dass sich Anette trotz ihrer üppigen Speckfalten an den Hüften so wahnsinnig sexy und unwiderstehlich fand. Derart von ihrem Sex-Appeal überzeugt, hatte sie sich hüllenlos ablichten lassen und ihm voller Stolz ihre Aktfotos zu seinem Geburtstag geschenkt. Erst als sie ihm ins Ohr säuselte, dass das Bild, auf dem sie ausgestreckt am Boden lag, sich doch bestens als Poster über seinem Bett eignen würde, wurde es ihm zu viel.

Natürlich würde er nie im Leben so ein ödes, steriles Plakat aufhängen. Wer will schon eine Abbildung einer leicht übergewichtigen, etwas

*gelangweilt dreinblickenden Hausfrau, die sich in ihrem Größenwahn für
ein atemberaubendes Pin-Up-Girl hält, an seine Wand kleben?*

Manfred, einer seiner Freunde, hatte Wolfgang auf den aktuellen
Transit in seinem Horoskop aufmerksam gemacht. *In manchen Fällen
führt dieser planetarische Einfluss dazu, dass man sich unglücklicher
Weise in die falsche Person verliebt,* hatte er ihm erläutert. Deutlicher
hätte er es nicht sagen können.

Wolfgang hatte die Botschaft zwar äußerst ungern vernommen, aber
auch nicht gänzlich verdrängen können, schließlich hatte Manfred sich in
seinen Prognosen noch nie geirrt. Trotzdem dauerte es lange, sehr lange,
bis Wolfgang in der Lage war, die Reißleine zu ziehen und die Affaire mit
Anette zu beenden.

Zu lange, bemängelte Wolfgang, wenn er wieder einmal dabei war,
sich zu verurteilten, weil er so blind gewesen war.

15:49 – Die Verfolgung

Wolfgang hörte Autoreifen quietschen und machte schnell das Fenster
zu, um die Erinnerung auszusperren.

∞∞∞

Das Treffen mit Anette, der Frau, in die Wolfgang so verschossen war,
hatte wieder einmal im Streit geendet. Enttäuscht stieg er in sein Auto
und fuhr los.

Der Fahrer des Wagens, der ihm dicht dahinter folgte, begann zu
drängeln und ihn mit der Lichthupe zu nerven. Wolfgang sah in den
Rückspiegel und erkannte als Lenker des Fahrzeugs einen Mann, von
dem er wusste, dass er zeitweise mit Anette zusammen gewesen war.
Sie hatte ihn als gewaltbereit und krankhaft eifersüchtig dargestellt.
Aber was wollte er von ihm?

Sie befanden sich noch im Ortsgebiet, als ihn der Wagen überholte und gleich darauf abrupt abbremste, wodurch Wolfgang sich gezwungen sah, dahinter anzuhalten.

Als der große, muskulöse Mann ausstieg und rot vor Zorn die Ärmel hochkrempelte, war für Wolfgang offensichtlich, dass dieser ihm eine verpassen wollte.

Rasch schloss Wolfgang das Fenster, verriegelte die Autotür, trat aufs Gaspedal und scherte aus. Er schaffte es, am Superschlitten des aufgebrachten Kerls vorbeizufahren, ohne auf der anderen Seite an eine Hausmauer zu schrammen. *Glück gehabt!*

Aber der Mann gab nicht auf, holte rasch wieder auf und machte den Anschein, seinen Wagen von hinten rammen zu wollen, was ihm Wolfgang durchaus zutraute, denn Anette hatte ihm einiges über diesen Choleriker erzählt.

Als die Fahrbahn breiter wurde, wechselte Wolfgang auf die mittlere Spur, damit ihn der Verfolger nicht ein zweites Mal überholen konnte. Wolfgang fuhr so schnell wie möglich, aber gegen den flotten Sportwagen hatte er keine Chance. Der Hitzkopf fuhr nun rechts von ihm und versuchte, ihn auf die Gegenfahrbahn abzudrängen, wodurch er Wolfgang in Lebensgefahr brachte.

Gerade rechtzeitig wurde die mittlere Fahrbahn zu einer Abbiegespur. Wolfgang riss das Lenkrad herum, bog mit quietschenden Reifen links ab und konnte dadurch auf die Autobahn entkommen.

Er hoffte, dass er den Wahnsinnigen endgültig abgehängt hatte.

Noch unter Schock holte er sein Handy aus der Hosentasche, rief die Frau an, die ihm das eingebrockt hatte und brüllte: *Anette, nimm deinen Schoßhund wieder an die Leine und stell diesen Irrsinn ab!*

Anette beteuerte zwar, nichts davon zu wissen, dass der Mann ihn verfolgt hatte, aber zu Wolfgangs Überraschung stellte sich dabei auch heraus, dass die beiden nun doch wieder zusammen waren.

Wolfgang widerrief die vor einer halben Stunde getroffene Vereinbarung, einander in einer Woche erneut zu treffen. Zu oft schon hatte sie ihn hingehalten, belogen und betrogen.

Er legte auf und hörte nie mehr wieder von ihr.

Worüber er froh war.

16:08 – Der Fehler

Draußen war es ruhig geworden. Er öffnete das Fenster wieder. Mittlerweile war die Sonne durch die Wolkendecke gedrungen und ließ ihre Strahlen in Wolfgangs Zimmer scheinen.

In tiefen Zügen atmete Wolfgang die frische Luft ein.

∞∞∞∞

Dann kam die überraschende Erkenntnis, dass doch alles gestimmt hatte: die Phantasiereisen, die ihm Bilder einer trauten Zweisamkeit und eine glückliche gemeinsame Zukunft vor Augen geführt hatten genauso wie das Gefühl aus dem tiefsten Inneren, dass es Zeit für einen Neuanfang sei, für eine neue Liebe.

Der einzige Fehler bestand darin, dass er dummerweise die Falsche erwischt hatte.

Und doch, ohne es zu wissen, hatte Anette ihn zur Richtigen geführt, denn Wolfgang lernte über ihren Bekanntenkreis Chrissi kennen und mit ihr zusammen begann das Leben wieder richtig Spaß zu machen, mehr als je zuvor.

Chrissi und Wolfgang unternahmen gemeinsam ausgiebige Wanderungen. Sie waren dabei so sehr in ihr Gespräch vertieft, dass sie sich oft verirrten, was dazu führte, dass sie einander mit *Hänsel* und *Gretl* ansprachen.

Wolfgang hatte eine rosarote Brille auf. Als er sie eines Tages kurz abnahm, musste er feststellen, dass er sich in eine Frau verliebt hatte, die zwölf Jahre jünger war als er und vier Kinder im Alter zwischen acht und achtzehn Jahren im Schlepptau hatte. Zu den sieben Kindern, drei von ihm, vier von ihr, gesellten sich natürlich noch deren Freunde und Freundinnen.

Fest entschlossen setzte er die Brille wieder auf und überlegte, ob sie ihre beiden vollständig eingerichteten Haushalte zu einem vereinen sollten. Chrissi war begeistert von der Idee, wodurch Wolfgang in Windeseile all die Herausforderungen kennenlernte, die eine Patchworkfamilie mit sich brachte.

Chrissi hatte ihm gleich zu Anfang prophezeit: *Was immer passieren wird, eines kann ich dir zu hundert Prozent garantieren: Langweilig wird dir mit mir nicht werden!*

Und so war es dann auch.

16:11 – Die Verschwörung

Wolfgang kam ins Grübeln. *Ob auch Chrissis Kinder an der Verschwörung beteiligt waren? Möglich wäre es.*

Sie alle hätten Grund genug, sich an ihm zu rächen, schließlich war er derjenige, der sie durch seine Beziehung zu ihrer Mama aus ihrem geliebten Zuhause gerissen hatte. *Hoamatl* hatten sie es liebevoll genannt.

Wolfgang verlor zunehmend den Mut. Wenn sie sich alle gemeinsam gegen ihn verbündet hatten, schwanden seine Chancen zusehends, der Tragödie zu entgehen.

∞∞∞∞

Chrissi, Wolfgang und die Kinder übersiedelten in ein schönes, großes Holzhaus mit ausreichend vielen Zimmern.

Der Garten wurde nach Feng-Shui-Richtlinien angelegt. Ein mannshoher Steinbrunnen sorgte für leises Plätschern und konnte zumindest teilweise den Lärm der Autobahn übertönen, der bis zum Waldrand und noch weiter hinauf zu hören war.

Eine schwarze, verschnörkelte Brücke aus Eisen führte zu einer aus einem alten Wagenrad gefertigten Holzbank, die hervorragende Aussicht über das gesamte Tal bot und über fünf hohe Stufen gelangte man zur Feuerstelle am Ende des Weges, an der die Kinder Würstchen braten oder Marshmallows erhitzen konnten.

Die Kinder dachten sich als W-Lan-Passwort die Buchstabenfolge *UHlaAdW* aus. Nach einigen Tagen kam Wolfgang dahinter, dass es sich dabei um die Anfangsbuchstaben des Satzes *Unser Haus liegt am Arsch der Welt* handelte, was natürlich maßlos übertrieben war, aber auch ein Körnchen Wahrheit beinhaltete.

Ivy zeigte sich ursprünglich am meisten begeistert, als sie hörte, dass ihre Mama mit Wolfgang zusammenziehen wollte. Doch als der Plan kurz darauf Realität wurde, war ausgerechnet sie es, die am allerwenigsten von der Idee des Zusammenwohnens angetan war und das zeigte sie auch deutlich.

Da sie erpicht auf ihre Freiheit war, um zu tun oder lassen, was ihr gerade einfiel, stieg sie bei der erstbesten Gelegenheit aus dem Fenster ihres neuen Zimmers und lief mitten in der Nacht barfuß zum Bahnhof, um sich bei ihrem Freund zu verstecken.

Ivy war eine emotionale Schnattergans, die ihre Worte mit der Geschwindigkeit einer Maschinenpistole rausschoss, deshalb hatte sie in dem langweiligen Typen, der nicht imstande war, mit jemandem einen einzigen vernünftigen oder auch unvernünftigen Satz zu wechseln, die ideale Ergänzung gefunden. Zumindest bis er der lebhaften jungen Dame zu fade wurde und sie sich von dem sozial unterbelichteten Burschen, der andauernd den Eindruck vermittelte, nicht bis drei zählen zu können, obwohl er während des Studiums gar nicht schlecht abgeschnitten hatte, letztlich trennte.

Wolfgang vermutete, dass die Beziehung zwischen den beiden deshalb so lange gehalten hatte, weil Ivy massive Probleme hatte, Entscheidungen zu fällen, unwichtige gleichermaßen wie bedeutsame.

Ivy war ein wandelndes, pubertäres Pulverfass. Gewöhnlich pfefferte sie ihr Gewand derart lieblos auf den Boden, dass ihr Zimmer einem riesigen Schlachtfeld glich und es fehlte nicht viel, dass sie ihrer Mama auch Knödel nachgeschmissen hätte. *Du kannst mir gestohlen bleiben mit deinen heiligen Knödeln*, hatte sie wutentbrannt gerufen, die Tür zugeknallt und war davongerauscht.

Zu ihrem Vater, einem Lehrer ohne pädagogische Fähigkeiten, aber mit regelmäßigen Alkoholproblemen, hatte sie, ebenso wie ihre Geschwister, kaum Kontakt. Sie vermittelte den Eindruck, sie sei ständig auf der Flucht vor allem, was einer Vaterfigur auch nur im Entferntesten ähnelte.

Eines Tages war Wolfgang mit dem Auto am Nachhauseweg, als plötzlich ein Moped mit zwei jungen Girls, beide ohne Helm, rasend schnell zwischen einer hohen, dichten Hecke hervorgeschossen kam. Nur Wolfgangs Vollbremsung war es zu verdanken, dass Ivy und ihre Freundin nicht auf der Kühlerhaube klebten.

Ist ja nicht schlimm, ist ja nichts passiert, kommentierte Ivy später den Beinahe-Crash, während sie wunderschöne Schnörkel auf ein Blatt Papier malte, sich dann aber doch lieber wieder ihrer Nägel Beißerei widmete.

Während Ivy immer mit Vollgas unterwegs war, konnte man ihren jüngeren Bruder, den Wolfgang wie seinen eigenen, vierten Sohn behandelte, nur schwer in die Gänge bringen. Eddy hinkte sogar den Jahreszeiten hinterher, denn bis er sich dazu entschließen konnte, seine Winterschuhe auszuziehen, ging der Sommer schon wieder zu Ende.

Eddie hatte größere Füße als ein Hobbit. Als er wieder einmal seinen Schuhen entwachsen war, begleiteten ihn Chrissi und Wolfgang zum Einkaufszentrum, damit er sich neue aussuchen konnte. Eddie war aber kein bisschen interessiert an Shopping und machte sich nicht die Mühe, sich auch nur ein einziges Mal umzusehen. Nachdem sich die Stiefel, die seine Mutter zur engeren Wahl zusammengetragen hatte, schon zu einem beachtlichen Berg stapelten und der eigensinnige Knabe weiterhin bockte, beendete Wolfgang das sinnlose Unterfangen und sie verließen das Geschäft. Eddie zwängte seine Zehen einfach weiterhin in die viel zu kleinen, zerschlissenen Turnschuhe, ignorierte sämtliche Schneestürme und stapfte unbeirrt durch die weiße Pracht zum Schulbus.

Wolfgang wunderte sich, dass Eddie als erstes, wenn er von der Schule nach Hause kam, Wasser soff, als wäre er ein verdurstendes Kamel. Auch in der Klasse würde er andauernd Durst verspüren, klagte Eddie, deshalb müsse er in jeder Pause am Wasserhahn hängen. Erst als Wolfgang ihn eines Morgens beim Vorbereiten seiner Saftflasche beobachtete, war alles klar. Denn bei einem Getränk, das zur Hälfte aus Sirup besteht, muss sicherlich jeder den ganzen Tag lang versuchen, das süße, pickige Zeug wieder aus seinem Mund heraus zu bekommen.

Eddie scheute Auseinandersetzungen wie der Teufel das Weihwasser, schon harmlose Diskussionen waren ihm zuwider, aber wenn er etwas von sich gab, war es wohlüberlegt und überraschend tiefgründig.

Obwohl Eddie so langsam war, dass man ihm im Gehen die Hose flicken hätte können, war es doch Gustav, der Älteste von Chrissis Kindern, der immer als letzter irgendwo eintraf, denn Zeitmanagement war nicht das Seine. Immer, wenn er den Zug verpasst hatte, war der Lokführer schuld, der angeblich um neunzehneinhalb Sekunden zu früh losgefahren war.

Gustav und sein Handy waren ein eingeschworenes Paar, unzertrennlich miteinander verbunden. Leider half auch Google nicht dabei, Gustavs fehlenden Orientierungssinn zu beheben. Beim Autofahren nahm er jeweils die falsche Ausfahrt, manchmal saß er in einem Bus mit einem völlig anderen Ziel als gewünscht und während einer Exkursion entdeckte er zu spät, dass er sich der falschen Gruppe angeschlossen hatte.

Man musste Gustav zugutehalten, dass er jederzeit bereit war, seine Mama im Garten, bei den Einkäufen und handwerklichen Arbeiten zu unterstützen. Leider war er aber so sehr an Zuhause gewöhnt, dass es für die Eingliederung in den Arbeitsprozess etliche Anläufe brauchte. Allein schon das Schreiben einer Bewerbung war bei ihm eine Angelegenheit von etlichen Wochen.

Da Gustav jedoch ein Glückskind war, fand schließlich eine passende, nicht allzu aufregende Arbeit den Weg zu ihm, die ihm ermöglichte, weiterhin die meisten Wochenenden mit seinen Freunden bei Bier, Schnaps, Hasch und Wasserpfeife in einer Berghütte zu verbringen.

Gustav und Kevin verstanden sich prächtig. Beide waren computertechnisch interessiert und man hörte sie stets zusammen kichern, denn sie konnten sich tage- und wochenlang über einen einzigen blöden Witz zerkugeln. Sie waren im selben Jahr geboren, ein *Katastrophenjahrgang,* wie Wolfgang es nannte. Unglaublich, wieviel Zeit sie mit Computerspielen totschlagen konnten!

Auch Kevin war mit seinen Gedanken oft nicht bei der Sache. Eines Tages zog Chrissi ihre Schuhe an, doch – *iiiiiiiii!* -eigenartiger Weise fühlte es sich darin total nass an. Kevin war beim Telefonieren im ganzen Haus herumspaziert und hatte, ohne es zu bemerken, Kaffee aus seiner Tasse verschüttet.

Kevin verbrachte zwar die meiste Zeit vor dem Bildschirm, aber durch seine humorvolle Art sorgte er auch immer wieder für die nötige Leichtigkeit in der Patchwork Family. Und nicht zu vergessen: Kevin war der unangefochtene König der Knuddler, denn keiner konnte so gut und herzlich umarmen wie er.

Aaron war der Älteste von allen, der Vernünftigste und der Erste, der in ein Studentenheim zog. Wolfgang half ihm bei der Übersiedlung und war neugierig auf die Unterkunft, die sein Sohn zusammen mit einem seiner Freunde beziehen würde. Das Zimmer entpuppte sich als soweit in Ordnung, ganz im Gegensatz zum Duschraum, der von oben bis unten mit einer dicken, grünlichen Schimmelschicht überzogen war. Wolfgang wollte Aaron auf der Stelle in ein anderes Heim verfrachten, aber sein Sohn zog es vor zu bleiben. Als Wolfgang einem seiner Freunde davon erzählte, meinte dieser, das sei der Stoff für eine der Geschichten, die Aaron später einmal seinen staunenden Enkeln erzählen könne. Vermutlich hatte er recht damit.

Auch Matteo hatte schon genug erlebt, um die Ohren seiner Zuhörer zum Glühen zu bringen. Nach einem Jahr Einsatz als freiwilliger Helfer in Rumänien hatte er von Unmengen an Kakerlaken und einer Überschwemmung in seinem Zimmer berichtet, von Straßenkindern und einem Baby, das er in einer Mülltonne gefunden hatte. Die Arbeit als Streetworker in einem fremden Land und gänzlich auf sich allein gestellt, war sicherlich nicht für einen Siebzehnjährigen geeignet, aber bis Wolfgang das herausgefunden hatte, war es zu spät, um ein Veto einzulegen.

Wieder in der Heimat zurück arbeitete Matteo als Kellner, wobei ihm unregelmäßige Arbeitszeiten und der heimliche Anspruch, bei allem der Beste zu sein, den Rest gaben und Burn-Out, Klinikaufenthalt, Medikamente und etliche Therapie-Sitzungen zur Folge hatten.

Matteo war äußerst wissbegierig und sog jede Information auf, die er aufschnappen konnte, als handle es sich dabei um das einzig rettende Luftbläschen für einen Ertrinkenden. Auf Grund seiner Dyslexie hatte er es jedoch schwer bei seiner schulischen Laufbahn.

Matteo war immer auf dem aktuellsten Stand der Wissenschaft und verteidigte seine Ansichten und jedes noch so winzige Detail mit aller Kraft, aber übersah dabei, dass Recht haben nicht gleichzusetzen ist mit

Gemocht werden. Wolfgang scheiterte kläglich beim Versuch, Matteo dazu zu bringen, die Dinge etwas lockerer zu betrachten anstatt stur auf einem Standpunkt zu beharren.

Matteo war der erste Vegetarier in der Familie. Nach einigen Jahren wurde er von Kevin übertrumpft, dessen Ernährung fast ausschließlich aus Würstl und Chips bestanden hatte, der von heute auf morgen Veganer geworden war.

Die zentrale Figur unter Chrissis Kindern war Hannah, die ältere Schwester von Ivy. Wenn man sie von einer Unternehmung überzeugt hatte, konnte man sicher sein, dass alle ihre Geschwister wie Schafe folgen würden. Hannah war es auch, die regelmäßig die Fahrten zur weit entfernt lebenden Oma organisierte, während denen es im Auto ständig zum Streit unter den Geschwistern kam. Wolfgang wunderte sich, warum sie nicht lieber getrennt voneinander ihre Oma besuchten. Eddie hatte die passende Erklärung parat: *Das ist nun mal die Familie.*

Bei der Verwirklichung ihres Lebensplanes legte Hannah eine ähnliche Perfektion an den Tag wie Aaron bei der Vorbereitung seiner Ausflüge und Urlaubsreisen. Schon während ihrer Schulzeit schnappte sie sich Bernhard, gründete mit ihm eine vierköpfige Familie und nistete sich damit im großen Haus ihres Schwiegervaters ein. Nach außen hin sah es nach Bilderbuchfamilie aus.

Bernhard nervte Wolfgang regelmäßig mit seiner überhöflichen Frage, ob er vielleicht, wenn es denn möglich wäre und keine allzu großen Umstände bereite, ein kleines Glas Wasser haben dürfe.

Bei einer aus Liebeskummer und zu viel Alkohol erfolgten Fahrt landete Bernhard mit seinem Auto im Graben, worauf er dem Alkohol entsagte. Leider blieb das unterwürfige Getue bestehen.

Hannah stellte ihre beiden Kinder oft bei Chrissi ab. Zu oft und ohne Not, fand Wolfgang, der Chrissi mit seinem *Warum* löcherte: *Warum muss Hannah heute zum Kaffeekränzchen? Warum muss sie als fünfte Freundin beim Aussuchen eines Brautkleides dabei sein? Warum muss sie*

Zur Betreuung von Hannahs Kindern mussten sämtliche Personen aus dem Umfeld herhalten, denn sie ging lieber zur Arbeit in einem Heim für Mädchen aus schwierigen Familienverhältnissen, als ihre Zeit mit der Erziehung der eigenen Nachkommen zu verbringen. Und Bernhard wollte sich auf keinen Fall einen Job in der Nähe der Familie suchen, denn weit entfernt in einem anderen Bundesland war der Verdienst größer. Es war ihm egal, dass dabei täglich zwei Stunden Fahrt anfielen. Zeit, die er wahrscheinlich besser für seine Kinder verwendet hätte.

Wolfgang konnte spürten, wie die andauernd wiederkehrenden Diskussionen über Chrissis Kinder und Enkel einen tiefen, schmerzhaften Keil zwischen ihn und Chrissi trieben.

∞∞∞

Ja, argwöhnte Wolfgang, alle zusammen wollen sich an ihm rächen, natürlich würden sie Vergeltung üben für seine Worte und Taten.

Es hatte Aaron sehr verletzt, dass Wolfgang dessen Freunde abrupt aus dem Haus gescheucht hatte, als Chrissi Ruhe brauchte. Gustav nahm Wolfgang immer noch total übel, dass dieser ihn mit der Begründung, der Bursche hätte lange genug zuhause herumgelungert, in ein Studentenheim verfrachtet hatte. Kevin war gar nicht gut auf seinen Papa zu sprechen, seitdem er von ihm vehement dazu gedrängt worden war, endlich die Masterarbeit fertig zu stellen, anstatt weiterhin nächtelang am Computer Kämpfe auszutragen. Matteo war tief gekränkt, weil Wolfgang zu wenig Verständnis für dessen Burn-Out aufgebracht hatte. Hannah hatte Rachegedanken, weil er in Frage gestellt hatte, ob sie in der Lage wäre, ihre Kinder zu erziehen. Ivy wollte sowieso keinen Ersatz-Vater um sich haben und Eddie war stinksauer auf

Wolfgang, weil dieser ihn beschuldigt hatte, sich viel zu wenig dafür zu interessieren, was rundum auf der Welt passierte.

Auch Chrissi wollte ihn loswerden, obwohl sie ausgerechnet mit ihm so befriedigenden Sex erlebte wie noch nie zuvor in ihrem Leben. Erst kürzlich wieder hatte sie ihm dies nach einer weiteren heißen Nacht kleinlaut gestanden oder vielmehr sich selbst eingestehen müssen. Doch durch seine ewige Fragerei, warum sie sich schon wieder um ihre Kinder und Enkelkinder kümmern musste, fühlte sie sich von ihm unterdrückt. Wolfgang konnte verstehen, dass sie ihre eigenen Wege im Leben gehen wollte, nicht jene, die er ihr vorgab.

Alle, ohne Ausnahme, hatten sich gegen ihn verschworen.

Er hustete und spuckte ärgerlich auf den Boden.

16:32 – Die Verleugnung

Wolfgangs Blick wanderte über das Bücherregal. Ein giftgrüner Einband, an dessen Buchrücken in schwarzer Schrift *AUSRADIERT!* zu lesen war, stach besonders hervor. Er nahm das Buch in die Hand und las halblaut den Untertitel: *Wie Sie plötzlich zum Geist werden.*

Er schüttelte den Kopf, dann fasste er sich an die Ohren. Ungewollt, aber immer noch so laut wie damals, hörte er einen Satz, der ihn begleitete, als handle es sich um lästigen Tinnitus.

∞∞∞∞

Ich habe keinen Vater, brüllte ihm Matteo nach und zeigte Wolfgang den Stinkefinger.

Was war nur los mit ihm? Hatte Matteo vergessen, dass er ihm den Arsch abgewischt, ihn gewickelt, gefüttert und getröstet hatte? Dass er ihn dabei unterstützt hatte, mit seiner Dyslexie klar zu kommen?

Matteo war sieben Jahre alt, als Wolfgang mit ihm allein eine Bahnfahrt in die Schweiz unternommen hatte, um ihm die kleinste Stadt der Welt zu zeigen. Und er war zehn, als Wolfgang mit ihm und seinen Brüdern nach London geflogen war, um den Tower und große, alte Schiffe zu bestaunen, durch China-Town zu spazieren und durch einen Tunnel an das gegenüberliegende Ufer der Themse zu gelangen. Mit elf hatten sie einen unvergesslichen Hausboot-Urlaub in Frankreich verbracht, bei dem sogar ihre Mama dabei gewesen war. Und um Matteos Wunsch der Teilnahme an einer Manga-Messe zu erfüllen, war Wolfgang mit ihm und seinen Brüdern schließlich nach Leipzig gefahren.

Oft genug hatte Wolfgang ihn in die Klinik begleitet, weil sein Sohn sich nach einer leichten Verletzung röntgen und fachärztlich untersuchen lassen wollte. Auch an sogenannten *Mama-Wochenenden,* als Matteo auf Grund von Schnarch-Geräuschen der anderen nicht schlafen konnte, hatte Wolfgang mit ihm von aller Früh bis zu Mittag im Park verbracht und über Gott und die Welt gesprochen.

Und jetzt wollte er auf einmal keinen Papa mehr haben?

Matteo hatte allen verboten, seinem Vater zu verraten, wohin er seinen Wohnsitz verlegt hatte. Wolfgang konnte nur in Erfahrung bringen, dass sein Sohn in einer Wohngemeinschaft untergekommen war, aber er wusste nicht einmal, in welchem Stadtteil sich diese befand.

Erst als Matteo erneut übersiedeln wollte und dazu ein Transportmittel benötigte, war er zu seinem Papa gekommen, weil er an ihn gedacht hatte. Oder zumindest an dessen Auto.

Zwei der Umzugshelfer waren unschlüssig, ob sie tatsächlich auch die große Schachtel voller Taschenbücher in den Altpapiercontainer werfen sollten, wie Matteo ihnen aufgetragen hatte. Wolfgang war sich sicher, dass hier ein Irrtum vorlag, aber als er bei seinem Sohn Rücksprache hielt, flippte dieser vollkommen aus und schrie, sie sollen einfach nur genau das tun, was er ihnen gesagt habe. Dadurch wanderte ein wichtiger Teil von Matteos Manga-Sammlung in den Müll. Wochen später wunderte er sich, wo denn die geliebte Serie abgeblieben sei.

Als der Psychiater Matteo Medikamente verschrieb, hieß es, die Tabletten könnten seine Persönlichkeit verändern und man müsse darauf gefasst sein, dass völlig unbekannte Seiten des Patienten zum Vorschein kämen. Trotzdem war Wolfgang nicht im Geringsten darauf gefasst, dass sein Sohn von heute auf morgen so tat, als würde er ihn nicht kennen.

Wolfgang versuchte zu ergründen, warum Matteo den Kontakt zu ihm abgebrochen hatte und stieß dabei auf Berichte verzweifelter Eltern, die von ihren Kindern als nicht existent behandelt wurden und erfuhr, dass man dieses ekelhafte Verhalten in Fachkreisen *Ghosting* nannte.

Auch Armin, einer von Wolfgangs Freunde, beklagte sich, dass er keinen Kontakt mehr zu seiner mittlerweile erwachsenen Tochter habe, seinem einzigen Kind. Sie hatte ihm ausdrücklich untersagt, sie zu besuchen, sie anzurufen oder ihr zu schreiben. Totale Funkstille. Armin war sich keinerlei Schuld bewusst und konnte sich nicht erklären, warum sämtliche Versuche, mit ihr wieder in Verbindung zu kommen, schon seit Jahren ins Leere liefen.

Offenbar hatte sich seine Tochter nach der elterlichen Scheidung auf Seite der Mutter geschlagen, die das Zerbrechen der Familienstruktur zu hundert Prozent ihrem Ex, Armin, anlastete. Für Armin wurde seine eigene Tochter zu einem Phantom. Eine Situation, die Hilf- und Ratlosigkeit erzeugen kann, selbst bei einem angesehenen und erfahrenen Psychologen wie ihm.

Jetzt, da sich Wolfgang in einer ähnlichen Situation befand, konnte er ein wenig nachempfinden, was sein Freund durchmachen musste.

Aber so wie sich bei Armin allmählich alles zum Guten wendete und sich die Beziehung zur Tochter normalisierte, so kam es auch zwischen Wolfgang und seinem Sohn langsam zu einer Wiederannäherung und, auch wenn das Thema *Ghosten* niemals angesprochen wurde, schließlich zur Aussöhnung.

Ende gut, alles gut, dachte Wolfgang.

16:46 - Die Beschuldigung

Als Wolfgang von der Toilette zurückkam, fiel sein Blick auf eine etwas verstaubte Schneekugel, die im Regal neben einer hübschen Schale aus weißem Carrara-Marmor stand.

∞∞∞

Niiiieeeee! Nie wart ihr zu Weihnachten da, nie! brüllte Hannah ihre Mutter an.

Tatsache war, dass Chrissi Weihnachten immer mit den Kindern gefeiert hatte, nur ein einziges Mal, letztes Jahr, war es anders gewesen.

Wolfgang hatte Chrissi dazu überreden können, mit ihm die Feiertage in einer Therme zu verbringen. Ohne Nachwuchs, nur sie beide.

Folglich taten sich ihre sieben längst erwachsenen Kinder zusammen, um am Vierundzwanzigsten miteinander zu kochen, zu essen, Wichtelgeschenke auszutauschen und anschließend miteinander zu spielen. Die abendlichen Gesellschaftsspiele dauerten wie üblich bis zum Morgengrauen und riefen unglaubliche Heiterkeit hervor.

Chrissi und Wolfgang genossen es, diesmal nicht für ihre Patchwork Family sorgen zu müssen, sondern im warmen Wasser zu liegen und in Ruhe sämtliche Sprudel in den vielen Becken ausprobieren zu können.

Chrissi hatte heimlich den Weidenkorb von zuhause mitgenommen und überraschte Wolfgang mit einem *Weihnachts-Picknick im Hotelzimmer*.

Tags darauf beteuerten die Kinder, es hätte alles bestens geklappt und sie hätten zusammen viel Spaß gehabt. Dass sie durch falsches Einheizen beinahe den Kachelofen kaputt gemacht hatten, davon erzählten sie natürlich nichts. Erst zuhause verriet ein Blick auf die komplett verrußte Wand das Missgeschick der jungen Leute.

Und nun, ein Dreivierteljahr später, stand eine Frau, Mitte zwanzig, vor ihnen und kreischte hysterisch, ihre Mutter wäre nie, nie, niemals für sie da gewesen.

Wolfgang schrie zurück und bestand darauf, dass Hannah ihre Behauptung widerrufe und sich bei Chrissi entschuldigt, was sie auch tat, aber die Entschuldigung konnte das zuvor Gesagte nicht ausradieren, zumal etliche böse Worte dabei gefallen waren.

Hannahs Bruder Eddie pflegte in solchen Fällen zu sagen: *Entschuldigung angenommen, aber es macht trotzdem was.*

Später erklärte Hannah trotzig, Wolfgang hätte kein Recht gehabt, mit ihr so zu reden, wie er es getan hätte, schließlich sei er nicht ihr Vater und gehöre streng genommen gar nicht zur Familie. Eine Bemerkung, die auch Gustav bereits einmal fallen gelassen hatte.

Alles in allem hatte Wolfgang nach Jahrzehnten der Kindererziehung die Nase endgültig voll und beschloss, sich nicht länger mit all dem *spätpubertären Quatsch*, wie er es nannte, zu befassen.

An diesem Tag hatte sein Blasenleiden begonnen.

16:58 – Das Missverständnis

Wolfgang zog ein Buch, das alle anderen überragte, aus dem Regal. Es handelte sich um ein Fotobuch im Überformat und trug die Aufschrift *Träume der Jugend sind Erinnerungen des Alters*, gestaltet von einem gewissen *Peter Hofinger*. Wolfgang bewunderte die schönen Bilder und nach und nach lockerten sich seine angespannten Gesichtszüge.

∞∞∞

Für Wolfgang und Chrissi gab es jede Menge Probleme zu lösen in dieser Zeit, doch ihre Beziehung stand erst auf der Kippe, als Wolfgang trocken und unmissverständlich von sich gab, dass er keine Lust habe, mit ihr den Urlaub im *Süden* zu verbringen.

Er dachte dabei an Italien, Moskitos, unerträgliche Hitze, verschmutzte Strände mit Algen, Quallen und jeder Menge Plastik, unverschämt hohe Preise für Liegestühle und kaum leistbare Restaurantbesuche.
Chrissi meinte mit *Süden* jedoch Griechenland, Schwimmen in sauberem Meer, Sonnenstrahlen auf der Haut, ausgedehnte Strandspaziergänge, süßen Wein auf der Zunge und romantische Sonnenuntergänge.

Wenn Wolfgang dies alles nicht mit ihr teilen wollte, dann würden ihre Wege auseinandergehen, soviel stand fest. Sehr fest. Felsenfest.

Wolfgang war noch nie in Griechenland gewesen. Doch nachdem sie sich als Ziel ihrer Hochzeitsreise schließlich doch noch auf die größte griechische Insel geeinigt hatten, wurde Kreta zu seiner Lieblingsinsel.

Vom ersten Augenblick an war er begeistert vom traumhaft schönen, türkisfarbenen Meer, der angenehmen Wärme und den gemütlichen Tavernen, in denen sie sich bei schmackhaftem Essen, etlichen Gläsern Mythos und rotbraunem Wein stundenlang ihre Gedanken über das Leben und ihre Erfahrungen mit allem, was es so mit sich brachte, austauschten. Wolfgang war angetan vom *Siga-Siga*, dem Motto der Griechen: *langsam, langsam, alles mit der Ruhe!*

Er genoss die kretische Unaufgeregtheit sehr. Keine lauten, endlosen Diskussionen und wilden emotionalen Ausbrüche wie bei Italienern und Italienerinnen üblich, sondern Ruhe und Gelassenheit, beides Eigenschaften, die er sehr mochte. Nicht umsonst standen überall in seiner Wohnung zahlreiche Buddhafiguren herum.

Wolfgang und Chrissi hatten es gut und fein miteinander. Obwohl sie mit ihrer Arbeit und den Kindern genug zu tun hatten und auf Grund letzterer zahllose Nächte schlaflos verbrachten, verloren sie kaum jemals die Nerven oder ihren Humor. Und sie unterstützten einander, wo und wie es nur ging.

Wolfgang konnte sich ein Leben ohne Chrissi nur mehr schwer vorstellen und wusste, dass Chrissi auch so fühlte.

Doch dann kam plötzlich alles anders.

17:02 – Die Augen

Schade, dass Chrissi heute nicht bei mir ist, murmelte er und massierte sein vor vielen Jahren operiertes Knie. Aber Wolfgang war sich selbst gegenüber ehrlich genug, um sich einzugestehen, dass er eigentlich auch froh darüber war, dass seine Frau nicht zuhause war, denn sein Misstrauen ihr gegenüber war von Tag zu Tag größer geworden.

Chrissi hatte sich verändert, irgendetwas stimmte nicht mit ihr. Wolfgang überlegte. *Seit wann war sie nur so verschlossen? Und warum wollte sie sich andauernd mit seinen Söhnen treffen? Was hatten sie miteinander zu tuscheln?*

Alles hatte am Tag nach der Besichtigung angefangen. Die Heimlichtuerei, das Geflüster, die dunklen Blicke.

Allein der Gedanke an den Ort ließ Übelkeit in ihm aufsteigen.

∞∞∞∞∞

Chrissi war mit ihm zu einem abgelegenen Haus gefahren, dort hatten sie den Lift in den zweiten Stock genommen, wo sich in einem großen Saal viele alte Menschen befanden.

Grelles Neonlicht, hässliche, schief aufgehängte Bilder an Wänden, von denen an manchen Stellen bereits der Putz abgefallen war. Am Fußboden Erbrochenes, dazu Gestank von verbrannter Tomatensuppe.

Manche der Männer und Frauen saßen an kleinen, viereckigen Tischen, die meisten aber hockten an einer langen Tafel und führten, wie in Zeitlupe, ihre Löffel ungelenk zum Mund. Da keiner da war, um ihnen bei der Nahrungsaufnahme behilflich zu sein, rann manchem von ihnen die rote Brühe aus dem Mundwinkel und tropfte auf den Tisch oder die Kleidung.

Platsch, einer Frau mit Botox gespritzten Lippen und strohblond gefärbten Haaren fiel die Brille in den Suppenteller.

Bumm, bumm, bumm, bumm, ein alter Herr, der zu seinem hellblauen Pyjama-Oberteil eine buntgetupfte Krawatte trug, hämmerte mit seinem Gehstock ununterbrochen auf den Boden. Indessen hatte sein Nachbar mit dem Infusionsflaschenhalter zu kämpfen, der umzufallen drohte, weil der Schlauch an der Tischkante hängen geblieben war.

Eine Person mit pockennarbigem Gesicht, Wolfgang konnte nicht sagen, ob es sich um einen Mann oder eine Frau handelte, versuchte aufzustehen, doch ihre rechte Beinprothese versagte den Dienst und zwang sie wieder auf den Stuhl zurück.

Eine Frau mit farblosem Kopftuch krächzte wie eine alte Hexe vor sich hin, eine andere, sie hatte ein Ballerina Kleid an, führte eine äußerst intensive Auseinandersetzung mit einem Unsichtbaren.

Wolfgang spürte, dass alle im Raum dem Tod weit näher waren als dem Leben.

Die meisten der bleichen Gesichter waren ihm abgewandt, doch plötzlich blickten ihn, nur sekundenlang, leere Augen an, als wollten sie ihn eindringlich warnen: Sieh zu, *dass du niemals hier in dieser Hölle landen wirst!*

Auf dem Weg zurück zum Auto meinte Chrissi: *Hier wäre noch ein Platz frei. Was meinst du? Würde es dir hier gefallen? Du musst dich nicht gleich entscheiden, vielleicht sehen wir uns zum Vergleich noch etwas anderes an.*

Wolfgang hatte geschwiegen.

Tagelang.

17:23 – Die Stille

Das zweite Angebot war nicht besser als das erste und sobald Wolfgang daran dachte, was er ein paar Wochen später erlebt hatte, liefen ihm kalte Schauer über den Rücken.

∞∞∞

Ich werde meiner Freundin ein paar Bücher zurückbringen, hatte seine Frau gerufen. *Komm doch mit! Frische Luft wird dir guttun!*

Und schon hatte sie ihn an der Angel.

Wolfgang wusste, wo Wendy wohnte, aber Chrissi fuhr an ihrem Reihenhaus vorbei und bog erst nach einem halben Kilometer an einem Feldweg ab.

Heute schauen wir an ihrem Arbeitsplatz vorbei, erklärte Chrissi gut gelaunt. *Den kennst du ja noch nicht und vielleicht gefällt es dir dort so gut, dass du bleiben möchtest, wer weiß?* Chrissi kicherte.

Wolfgang wusste, dass Wendy mit vielen Menschen zu tun hatte, aber er hatte noch nie in Erfahrung bringen können, worin ihre Aufgabe genau bestand. Immer wieder hatte sie sich darüber beschwert, dass sie sich bei der Arbeit mit niemandem unterhalten könne, denn das gesamte Personal bestünde aus Russen, Rumänen, Kroaten, Bosnier, Ungarn, Polen, Slowaken, Tschechen, Serben oder Albaner. Sie sei die einzige aus Österreich.

Während Chrissi ihre Freundin im Büro aufsuchte, wartete Wolfgang in dem breiten, langen Gang des neuen, aber vollkommen unpersönlichen Gebäudes, das allein aus Beton und Glas zu bestehen schien. Wolfgang argwöhnte, dass es ein Architekturstudent während des ersten Semesters entworfen hatte, bevor man ihn zwang, das Studium auf Grund mangelnder Eignung abzubrechen.

Gelangweilt schaute er um sich und warf dabei einen Blick in einen an der Wand befestigten Spiegel, der zeigte, dass in einem der rückwärtig gelegenen Zimmer Unmengen an Kerzen aufgestellt waren, deren Licht gefährlich flackerte. In der Mitte des Raumes befand sich eine große Badewanne, bis obenhin gefüllt. Eigenartiger Geruch stieg ihm in die Nase: *Schwefel!*

Schnellen Schrittes kamen zwei bullige Männer den Gang entlang und schoben im Rollstuhl eine aufgebrachte, zierliche Frau vor sich her, die laut protestierte: *Ich will zurück in mein Zimmer! Ich will zurück!*

Wolfgang kam die Person bekannt vor, natürlich, das musste doch seine frühere Nachbarin sein, die nette, kleine Frau mit den auffallend strahlend blauen Augen. *Wie hieß sie noch gleich? Fellermann? Felbermeier? Ja, Hannelore Felbermair, das ist sie.*

Aber es war zu spät, um ihr zu Hilfe zu kommen, denn sie hatten bereits den Raum mit den vielen Kerzen erreicht. Der kleinere der Männer zog hämisch grinsend die Schiebetür hinter sich zu und versperrte sie. *Klack, klack!*

Wolfgang konnte deutlich Frau Felbermairs verzweifelte Hilferufe durch die Türe hindurch vernehmen: *Nein, bitte nicht, ich will das nicht, nein, nein, nein!*

Es folgte lautes Platschen, so als würde jemand gewaltsam mit dem Kopf unter Wasser gedrückt.

Und dann war es still.

Wolfgang hielt den Blick weiterhin fest auf den Spiegel gerichtet. Nach einigen Minuten sah er, dass sich die Türe langsam wieder öffnete, gleichzeitig kam Chrissi aus Wendys Büro zurück und erklärte lächelnd, es sei alles erledigt, sie könnten wieder gehen.

Wolfgang hörte nicht, dass Chrissi feststellte, er wirke ziemlich blass im Gesicht und er reagierte auch nicht auf die Frage, ob es ihm gut gehe.

Starr vor Entsetzen beobachtete er, wie die beiden Männer den Raum verließen. *Allein. Ohne Frau Felbermair.*

Chrissi packte ihn fest am Arm und zog ihn, fröhlich summend, zum Auto.

Bevor sie losfuhr, verstaute sie im Handschuhfach noch schnell die Papiere, die sie aus dem Büro ihrer Freundin mitgenommen hatte. Wolfgang stand viel zu sehr unter Schock, um zu bemerken, dass es sich dabei um einen Grundrissplan mit exakten Größenangaben und um einen unterzeichneten, notariell beglaubigten Vertrag handelte.

17:51 – Die Waffe

Wie würden sie es anstellen? Würden sie ihn betäuben? Oder mit vorgehaltener Pistole am Eingang abliefern?

Stirnrunzelnd dachte Wolfgang an den kleinen, dicken, stets verschwitzten Lehrer, bei dem die Zuteilung einer positiven Note davon abhing, ob seiner Ansicht nach die Haare des Prüflings kurz genug waren. Sowohl fachlich als auch erzieherisch komplett unfähig, hatte er in jeder einzelnen seiner vielen Unterrichtsstunden unglaublichen Stress in der Klasse ausgelöst.

Obwohl der sogenannte *Pädagoge* schon seit langem unter der Erde lag, verübelte Wolfgang ihm immer noch, dass er Richard, einen netten, harmlosen, sympathischen Kerl aus seiner Klasse zu einem kaputten Nervenbündel gemacht hatte.

∞∞∞∞

Es war während des Nachmittagsunterrichts, die Fenster standen offen, als der Lehrer einige seiner Klassenkameraden einzeln an die Tafel holte und sie, mit Ausnahme seiner zwei, drei Lieblingsschüler, wie üblich drangsalierte und lächerlich machte.

Als Robin an der Reihe war, drehte dieser den Spieß um und begann, den Professor zu frotzeln, der jedoch lange Zeit zu dumm war, um das Spiel zu durchschauen.

Die Situation schaukelte sich immer weiter auf. Solange, bis Robin die Nase voll hatte.

Es ging alles so schnell, dass Wolfgang später nicht sagen konnte, woher Robin die Pistole hervorgezaubert hatte, die er plötzlich in der Hand hielt und damit auf den hochroten Kopf des nun noch heftiger Schwitzenden zielte.

Na, Herr Professor, wie lustig finden Sie das jetzt, fragte Robin unter dem Gejohle seiner Mitschüler.

Die Lage hatte sich gefährlich zugespitzt und Wolfgang hatte Mühe, sie als real einzustufen. *Würde Robin die Waffe tatsächlich abfeuern? Das nun nervös auf seinem Stuhl herumzappelnde, Robin gut zuredende Elend hatte längst einen Schuss vor den Bug verdient, aber ihn vor versammelter Klasse einfach abzuknallen, war doch etwas anderes,* fand Wolfgang.

Die große Uhr an der Wand des Klassenzimmers zeigte tickend das baldige Ende der Unterrichtsstunde an, als Robin das Interesse an der Sache verlor und in Wild-West-Manier aus dem Klassenzimmer marschierte.

Heftig schnaufend zog der Professor ein zusammengeknülltes, verrotztes Stofftaschentuch aus seiner weiten, grauen Hose und wischte sich damit den Schweiß von der Stirn, während die Schulglocke so laut wie noch nie ertönte.

Als Robin an einem der nächsten Tage während der großen Pause in die Klasse kam, um seine Schulsachen abzuholen, fragten ihn seine

Kameraden, wie er denn zu der Pistole gekommen war. Sie erhielten nur knapp zur Antwort, dass er sie in einem Koffer seines Vaters gefunden habe. Viel wichtiger war es Robin, davon zu berichten, was er gemacht hatte, nachdem er den Lehrer bedroht hatte, sich nämlich von einem Taxi schnurstracks zum Städtischen Bordell kutschieren lassen, wo er als erstes eine Flasche Whisky bestellt habe, während die Damen der Reihe nach Aufstellung nehmen mussten. Die Puffmutti habe ihm eine Art Speisekarte überreicht, aus der er von allen Sex-Stellungen jene wählen konnte, in der er dann mit der Hure seiner Wahl gebumst hätte. Sehr zufrieden sei er nach Hause gewankt und habe seinen Rausch ausgeschlafen, erzählte Robin stolz, packte sein Zeug, verschwand aus dem Klassenzimmer und tauchte nie mehr dort auf.

Wolfgang traf ihn erst Jahre später wieder, als Robin ein glühender Anhänger eines Gurus geworden war, eines großen, berühmten Meisters, eine Inkarnation von Gott höchstselbst. Dass Wolfgang den Swami mit dem langen, schwer verständlichen Namen nicht kannte, erzürnte Robin maßlos und er wandte sich schwer enttäuscht von seinem ehemaligen Klassenkameraden ab.

∞∞∞∞

Wolfgang schnaufte. So richtig konnte er es sich nicht vorstellen, dass sie ihm ebenfalls die Pistole an den Kopf halten würden, aber wer weiß? *Heutzutage ist die ganze Welt vollkommen verrückt!*

18:19 – Der Gefangene

Er betrachtete den dreiundzwanzig Jahre alten Kalender an der Wand, den er immer wieder aufs Neue verteidigen musste, weil seine Söhne ihn zum Altpapier werfen wollten.

Papa, der ist doch schon alt, erklärten sie ihm. Als ob er das nicht wüsste!

Das bin ich auch, erwiderte er trotzig und damit war für ihn das Thema abgehakt.

Das Bild des Monats zeigte einen Gefangenen in einem überfluteten Kerker, der verzweifelt an den Eisenstäben des Fensters rüttelte, während das Wasser immer höher anstieg. Keine Chance. Keine Möglichkeit zu entkommen. Er war verloren.

Es blieb nur die Frage, *wann* sie kommen würden.

Wann genau?

Um auf andere Gedanken zu kommen, schaltete Wolfgang seinen Laptop ein und zappte unter den YouTube Musikvideos herum.

Musik war ihm immer wichtig gewesen, *lebenswichtig.*

Er dachte an Situationen, in denen er nicht mehr weiterwusste. Meistens hatte er dann eine Flasche Rotwein geöffnet, den Lautstärkeregler seiner Stereoanlage auf Maximum gedreht und das Fenster geöffnet, damit seine Verzweiflung in die Welt hinaus schallen konnte.

Der Versuch, seine Gedanken und vor allem Gefühle durch laute Rockmusik zu übertönen, war selten von Erfolg gekrönt gewesen. Immerhin hatte er jedoch fast immer bewirkt, dass Wolfgang in den frühen Morgenstunden ziemlich benebelt in dem Gedanken eingeschlafen war, die kommenden Tage würden bessere werden. Das hatte er zumindest gehofft.

Doch diesmal war seine Lage aussichtslos wie nie zuvor.

Wolfgang dachte oft über den Tod nach. Wahrscheinlich würde ihm einiges fehlen, beispielsweise eine Tasse Cappuccino, natürlich Sex und ganz sicher auch die Musik seiner Lieblingsbands, aber er hatte keine Angst vor dem, was ihn drüben, jenseits des Schleiers, erwarten würde.

Er wünschte sich, dass sein Sterben schnell und in einer liebevollen Umgebung passieren würde. Garantiert wollte er nicht als menschliches Gemüse an einem Ort verwelken, wo sich alles nur um Gewinnmaximierung dreht statt um würdevolle Betreuung von Sterbenden.

Sogar das Video von *Traffic – Dear Mr. Fantasy* konnte nicht verhindern, dass erneut Verzweiflung in ihm hochkroch. Er schaltete den Computer aus, um zu lauschen.

Kommen sie schon?

18:51 - Das Blut

Das Ticken der Wanduhr schien lauter zu werden.

Es ähnelte dem Geräusch, das der kaputte Kühlschrank in Kevins Küche von sich gegeben hatte, als Wolfgang ihn damals, nach der Horror-Nacht, besucht hatte.

∞∞∞∞

Kevin war für gewöhnlich ein humorvoller Mensch, aber als Wolfgang diesmal mit ihm telefonierte, jammerte er ihm die Ohren voll, dass in letzter Zeit nichts mehr funktionieren würde. Der Abfluss sei verstopft, die Lampe im Wohnzimmer flackere, die Dunstabzugshaube würde nicht richtig arbeiten und darüber hinaus sei die Klingel kaputt, was bedeute, dass er den Paketzusteller den ganzen Tag über abpassen müsse, denn wenn dieser dächte, es sei niemand zuhause, würde er die heiß ersehnte Lieferung wieder mitnehmen.

Ganz klar, Kevin war total gestresst, was jedoch nicht an seiner anspruchsvollen Arbeit bei einer Software-Firma, sondern am großen, neuen Reihenhaus lag, das er zusammen mit seiner Freundin gerade erst erworben hatte. Unzuverlässige Handwerker und fehlende Zeit, um die gemeinsame Wohnung fertig einzurichten, verbunden mit viel zu hohen Ansprüchen an sich selbst, brachten ihn an den Rand zum Burn-out.

Doch es war nicht Kevin, der zuerst die Nerven wegschmiss, sondern Finja, seine Freundin.

Kevin arbeitete zuhause im ersten Stock, als seine Schwiegermutter anrief und ihn bat, nach ihrer Tochter zu sehen, denn sie habe eine eigenartige SMS von ihr erhalten, deren Bedeutung ihr nicht klar war.

Kevin wusste, dass Finja gerade nach Hause gekommen war, denn sie hatte ihm vom Erdgeschoß aus zur Begrüßung ein *Hallo* zugerufen, das er fröhlich erwidert hatte. Unmittelbar darauf hatte er Geräusche vernommen, als habe sie in der Küche zu hantieren begonnen.

Finjas Mutter hatte äußerst beunruhigt geklungen, daher kam er ihrer merkwürdigen Bitte unverzüglich nach und lief rasch nach unten, wo er erstarrte, als er den riesigen roten Fleck am Boden sah.

Finja stand in der Küche und war dabei, ihre Pulsadern zu durchtrennen. Auf der Ablagefläche lag ein kleines, blutbeflecktes Messer, das sie offenbar für zu wenig scharf befunden hatte, denn nun säbelte sie mit verklärtem Blick mit einem großen Fleischmesser eifrig weiter, wodurch jede Menge Blut herumspritzte.

Kevin nahm ihr das Messer aus der Hand und verständigte die Rettung, die ihrerseits die Polizei hinzuzog.

Nach Finjas Erstversorgung und den behördlichen Einvernahmen wurde ein Platz für sie in einem Krankenhaus gesucht, was sich als äußerst schwierig herausstellte und die Sanitäter zu einer langen Irrfahrt zwang, bis Finja operiert und anschließend in einer psychiatrischen Station untergebracht werden konnte.

Kevin blieb bis nach Mitternacht an Finjas Seite.

Zuhause zurück machte er sich daran, die Blutspritzer von den Kästen abzuwischen und bemühte sich, die Blutlache vom Teppich und Fußboden zu entfernen. Wolfgang stellte sich dies als die einsamste Zeit im Leben seines Sohnes vor.

In den darauffolgenden Tagen wurde Kevin von seinen Brüdern nach Kräften unterstützt und auch Wolfgang erbrachte seinen Beitrag, indem er einige Tage bei ihm wohnte und für ihn kochte, während Kevin wieder seiner Arbeit nachging und nach außen hin so tat, als wäre nichts Besonderes geschehen.

Wolfgang fühlte sich an die schwierige Zeit mit Gerda erinnert und wünschte seinem Sohn nichts mehr als eine Beziehung, die ihn nährte, anstatt auszehrte.

Doch bald zeigte sich, dass Kevin trotz allem die Beziehung für tragfähig genug hielt, um es weiterhin als Paar zu versuchen, Kinder in die Welt zu setzen und gemeinsam aufzuziehen. Insgeheim war Wolfgang stolz auf Kevin, dass dieser Finja nicht gleich fallen ließ, sondern bereit war, mit ihr gemeinsam die Krise zu bewältigen.

Eines jedoch beschäftigte Wolfgang nicht nur untertags, sondern auch in seinen wiederkehrenden Träumen, die ihn schweißnass aufwachen ließen: *Ist es möglich, seinem Schicksal zu entkommen?*

Hätte Finja den Unfall, wie sie ihren Selbstmordversuch verschleiernd nannte, vermeiden können?

Was wäre geschehen, wenn er damals Gerdas Überforderung schon früher bemerkt und entsprechend darauf reagiert hätte? Wären sie dann fähig gewesen, als Paar und als Familie zusammenzubleiben oder hätte sich die Lage trotzdem so entwickelt, dass eine Trennung unausweichlich gewesen wäre?

Wären sämtliche Herausforderungen ausgeblieben, die sich aus Gerdas Nervenzusammenbruch ergeben hatten, wären sie dann zusammen glücklich und zufrieden gewesen, bis ans Ende ihrer Tage? Wohl kaum.

Wolfgang überlegte, ob manches abwendbar gewesen wäre, von dem er glaubte, es wäre besser nicht geschehen. *Die Trennung von seiner Freundin, die ihn mit ihren Grimassen erschreckt hatte. Oder die wilden Auseinandersetzungen mit Matteo und nicht nur die, sondern auch dessen Gefühle der Einsamkeit, des nicht geliebt Werdens und der Unzulänglichkeit, die zu seinem Burn-Out geführt hatten. Oder damals die unerwartete Kündigung seines Arbeitsvertrages. Oder wenigstens die lebensbedrohliche Herzoperation bei seiner kleinen Enkelin. Auch all die Kriege in der Welt wären doch gewiss vermeidbar gewesen, oder etwa nicht?*

Aber hatten die Schwierigkeiten, mit denen er zu kämpfen gehabt hatte, ihn andererseits nicht auch psychisch und seelisch wachsen lassen?

∞∞∞∞

Ein Lesezeichen lugte unter dem kleinen Polster auf seinem Sessel hervor. Wolfgang nahm es in die Hand und las den Aufdruck: *Zukunft bedeutet nicht, dass sie unabänderlich feststeht, sondern dass wir sie nicht geändert haben.*

Seine Grübeleien wandten sich wieder seiner persönlichen, unmittelbar bevorstehenden Katastrophe zu. Seit der Besichtigung wusste er ja, was ihn erwartete.

Immer tiefer sank er in den Sessel und zermarterte sein Hirn auf der Suche nach einem Ausweg, bis er in einen unruhigen Schlaf fiel.

19:45 – Die Abholung

Das Klacken im Schloss der Haustüre hatte ihn aufgeschreckt.

Natürlich hatte er gewusst, dass sie kommen würden. Trotzdem stand ihm die Überraschung ins Gesicht geschrieben, als es nun tatsächlich passierte, früher als vermutet.

Sie waren zu viert: Chrissi, Aaron, Kevin und Matteo. Er hatte ja geahnt, dass sie gemeinsame Sache machen würden.

Sie grinsten ihn an und schwafelten davon, dass es höchste Zeit wäre zu übersiedeln.

Was wussten sie denn schon vom Übersiedeln? Er war es doch, der bereits mehr als zwanzig Mal den Wohnort gewechselt hatte, nicht sie.

Zuerst hatten ihn seine Eltern in ein Heim gesteckt, nach zwei Jahren holten sie ihn wieder heraus, denn ihr Betrieb war in finanzielle Schieflage geraten und sie mussten zusperren, worauf sie, unnötigerweise, wie Wolfgang fand, von zuhause flüchteten und ihn mitnahmen.

Weit weg vom Ort des Geschehens bezogen sie ein Reihenhaus, aus dem sie schon nach zwei Jahren wieder ausziehen mussten, weil der Vermieter überraschender Weise Eigenbedarf angemeldet hatte.

Dann war plötzlich und unerwartet sein Vater gestorben und Wolfgang übersiedelte mit seiner Mutter in eine kleinere Wohnung in einem anderen Dorf.

Bald darauf kam er zu dem Schluss, dass es an der Zeit wäre, eigene Wege zu gehen. Also zog er in die Stadt, wo ihn die Vermieterin einer Dachgeschosswohnung schon nach ein paar Monaten mit der Begründung, er hätte Frauenbesuche empfangen, wieder rausschmiss.

Darauf folgte eine Odyssee durch verschiedene Stadtteile. Eine Substandardwohnung war Wolfgang besonders in Erinnerung geblieben, denn Waschbecken und Klo befanden sich in einem hölzernen Zubau, wo es den Winter über unerträglich kalt gewesen war.

Es folgte eine Unterkunft oben auf einem Berg, zwischen Bauernhof und Stall errichtet, sehr einsam gelegen. Anschließend das genaue Gegenteil, nämlich ein Zimmer in einer Zweier-Wohngemeinschaft mitten in der Altstadt. Sonntags, pünktlich um zehn Uhr, war es jedes Mal soweit, dass Wolfgang und sein Wohnungsgenosse glaubten, eine Blasmusikkapelle stünde in ihrem Wohnzimmer im zweiten Stock, da der Krach unten von der Straße derart gut nach oben hallte.

Später folgten viele Übersiedlungen mit Gerda und den Kindern, mit seinen Jungs allein, mit der gesamten Patchworkfamilie und zu guter Letzt noch allein mit Chrissi.

Und nun würden sie ihn in das uringelbe Gebäude verfrachten, das sie ihm gezeigt hatten und wo grauenvolle, unmenschliche Zustände herrschten. Unwillkürlich klammerten sich bei diesem Gedanken seine knochigen Hände fest an die Sessellehne.

Während Kevin die Türe aufhielt und Chrissi noch rasch ein paar seiner Sachen zusammenpackte, zerrten ihn Aaron und Matteo aus dem Möbelstück, das er so liebte und welches nun, da war er sich sicher, gemeinsam mit dem schönen, alten Kalender beim Sperrmüll landen würde.

Innerlich musste er über sich selber lachen, dass ihn, während sie ihn zur Stiege schleppten, der alberne Gedanke beschäftigte, dass sie beim Ausräumen der Wohnung seine Lieblingshefte beschädigen könnten. Als ob das irgendeinen Unterschied machen würde!

In seinem Kopf tobten plötzlich unendlich viele grelle Blitze, er hörte sein Blut zunehmend lauter durch die Adern rauschen und seine Zunge wurde so dick, dass sie den gesamten Mundraum ausfüllte.

Dass etwas ganz und gar nicht stimmte, fiel ihnen erst auf, als er auf der vorletzten Stufe kraftlos zu Boden gesunken war.

10:44 – Das Versprechen

Schon bevor er die Augen wieder öffnen konnte, hörte er Meeresrauschen und die Luft roch salzig.

Überrascht fand er sich in seinem bequemen Lesesessel wieder. Auf einem Holztisch stand vor ihm eine Tasse Cappuccino mit einem großen Herzen im Milchschaum, daneben lagen zwei Tütchen brauner Zucker bereit. An seinen Füßen spürte er feinen, warmen Sand.

Erstaunt blickte er auf ein türkisblaues Meer und hörte Möwen kreischen.

Nicht mal schlecht, das Jenseits, kam ihm in den Sinn, bevor er sich in der Beobachtung der langsam kleiner werdenden Wellen verlor, die auf den Strand zu rollten.

Wieviel Zeit habe ich in meinem letzten Leben damit verbracht, am Strand zu sitzen und dem Klang der Wellen zu lauschen? Wahrscheinlich viel zu wenig. Aber jenseits des Schleiers existiert keine Zeit, dachte er, *ALLES IST JETZT.*

Sein Blick wanderte zu den Sonnenschirmen aus Schilf und den bequem aussehenden Liegestühlen darunter. Auf einem davon saß eine kleine Frau, die sich mit Sonnencreme einschmierte. Als sie damit fertig war, drehte sie sich um und nahm kurz die Sonnenbrille ab. Wolfgang erkannte ihre leuchtend blauen Augen sofort: Frau Felbermair!

Eine bessere Bestätigung, dass er wirklich im Reich der Toten angekommen war, konnte es nicht geben.

Plötzlich spürte er jemanden hinter sich. Reflexartig ergriff er die warme Hand, die sich auf seine Schulter gelegt hatte.

Unglaublich, dachte er, *diese Haut fühlt sich genauso sanft und geschmeidig an wie die von Chrissi am ersten Tag unserer Begegnung, als ich mit meinen Fingerspitzen darüber glitt und verträumt unsichtbare Zeichen darauf malte.*

Noch bevor er feststellen konnte, um wen es sich in Wahrheit handelte, tauchten vom Strand her drei bekannte Gesichter auf: Seine Söhne kamen in auffällig bunten Badehosen von weitem auf ihn zu gelaufen.

Wie konnte das denn sein?

Als hätte jemand einen Schalter umgelegt, verlagerte sich das Meeresrauschen in den Hintergrund und laute, fröhliche Stimmen drangen an sein Ohr. *Das klingt so vertraut,* dachte er wehmütig und wandte den Kopf zur Seite, wodurch einige Kinder in sein Gesichtsfeld rückten, die eifrig damit beschäftigt waren, rund um eine große Sandburg, auf deren höchstem Turm eine kleine blau-weiße Flagge wehte, einen tiefen Wassergraben auszubuddeln. Seine Enkelkinder!

Aber.... Dann kann ich ja gar nicht tot sein! Aber ich bin doch gestorben?! Oder liege ich etwa im Koma in einem Krankenhaus? Gaukelt mein Gehirn mir das alles nur vor? Handelt es sich nur um eine gigantische Sinnestäuschung?

Und waren das dort hinter den Palmen etwa Chrissis Kinder, die miteinander Ball spielten?

Unzählige Gedanken prasselten alle zugleich auf Wolfgang ein.

Als er sich verwirrt umdrehte, blickte er in das strahlende Gesicht seiner Frau. Wie sie ihn liebevoll anschaute! Er spürte ihre Zuneigung mit jeder Faser. *Das konnte doch niemals nur Einbildung sein!*

Argwöhnisch musterte er seine Jungs, die nun keuchend, mit nassen Haaren und völlig außer Atem, vor ihm standen.

Du warst lange weg, stellte Aaron stirnrunzelnd fest.

Matteo fragte besorgt: *Geht es dir wieder gut?*

Du bist zusammengeklappt wie ein Taschenmesser, lachte Kevin und umarmte ihn mit aller Kraft.

Ich hatte Albträume, entgegnete Wolfgang leise.

Chrissi trat neben ihn und deutete auf ein nettes Häuschen, nicht weit entfernt, oben an einem Hügel. *Das ist jetzt das Zuhause von uns beiden,* erklärte sie. *Erinnerst du dich? Letztes Jahr hattest du mir ein Foto davon im Internet gezeigt. Das Bild wollte mir nicht mehr aus dem Kopf. Ich habe mich danach erkundigt, gut verhandelt und nun gehört es mir. Wendy hat mir übrigens bei den Vertragsübersetzungen geholfen.*

Dort oben können wir auf der gemütlichen Terrasse sitzen, unter Baumschatten natürlich, nicht unter Sonnenschirmen. Wir werden gemeinsam essen, lesen oder einfach aufs Meer hinausschauen. Wie damals, als wir im Urlaub waren.

Übrigens, hast du gesehen, fragte Chrissi, *Frau Felbermair wollte nicht mehr im Seniorenheim bleiben und hat sich eine neue Bleibe gesucht. Sie wird jetzt von zwei netten Männern betreut und wohnt in unserer Nachbarschaft, so wie früher.*

Deine Comic-Sammlung haben wir natürlich auch hergebracht. Da hatten deine Jungs ganz schön schwer zu schleppen, lachte sie.

Wolfgang senkte den Kopf. Er schämte sich für sein Misstrauen Chrissi gegenüber. Seine Befürchtungen waren vollkommen unnötig gewesen.

Seine Augen wurden feucht. Er war so froh und dankbar, dass sie ihn nicht ins Altersheim gesteckt hatten.

Wolfgangs Blick fiel auf seinen Unterarm. Die Hautflecke sahen nun gar nicht mehr so ungewöhnlich aus. *Vielleicht bleibt mir ja doch etwas mehr Zeit, als ich angenommen hatte,* dachte er.

Chrissi gab ihm einen langen, festen Kuss. Dann flüsterte sie ihm ins Ohr: *Ich muss jetzt unbedingt schwimmen gehen, aber ich verspreche dir, dass ich bei dir sein werde, wenn...*

- Chrissi machte eine Pause und wischte sich verstohlen eine Träne aus den Augenwinkeln -

..., wenn die Sonne untergeht.

Die verrinnende Zeit
ist nicht etwas,
das uns verbraucht
oder zerstört,
sondern etwas,
das uns vollendet.

Antoine de Saint-Exupéry

Anhang

Das Segelschiff

Denk Dir ein Bild: weites Meer, ein Schiff setzt seine weißen Segel und gleitet hinaus in die offene See. Du siehst, wie es kleiner und kleiner wird. Wo Wasser und Himmel sich treffen, verschwindet es.

Da sagt jemand: *Nun ist es gegangen.*

Ein anderer sagt: *Es kommt.*

Peter Streiff

Autor

Peter Hofinger

- war Inhaber einer Buchhandlung, Sozialarbeiter, Seminarorganisator und Energetiker.

- trinkt gerne Rotwein aus Portugal, mag Bourbon-Whiskey, ist an Astrologie und Politik interessiert und stolz auf seine Comicsammlung.

- hört gerne Rockmusik. Aber so laut wie in seiner Jugendzeit darf es nicht mehr sein.

- Schwer zu sagen, wo er derzeit wohnt. Er hat schon mehr als zwanzig Übersiedlungen hinter sich. Aber am liebsten hält er sich in Kreta auf.

ISBN: 9783-837-011609

166 Seiten, Paperback, BoD-Verlag

auch als E-Book erhältlich

Fraglos ein amüsantes und gedankenvolles Buch. Es hat mir viel Spaß gemacht, Ihr Buch über **Esoterik, Spiritualität und Heilung** *zu lesen.*
Markus Schirner vom Schirner Verlag

ISBN: 9783-748-141419
246 Seiten, Paperback, BoD-Verlag
auch als E-Book erhältlich

In **Seelen-Abwasser** blickt der Autor augenzwinkernd zurück auf viele Jahre der Selbstfindung, wobei er prägnante Erlebnisse von der Kindheit bis zum Erwachsenwerden in originellen Episoden wieder aufleben lässt.

Kurzweilige Geschichten aus den Bereichen Familie, Freundschaft, Schule, Arbeit und Erziehung offenbaren herausfordernde Situationen, in denen Emotionen nicht gezeigt werden dürfen, zurückgehalten werden oder plötzlich doch noch zum Vorschein kommen.

Seelen-Abwasser ist das Ergebnis intensiver Biografie-Arbeit und zugleich leichte, angenehme Lektüre.

Rezensionen:

- Diese Erzählart ist wunderbar. Immer wieder muss ich laut lachen und dazwischen bin ich sehr berührt.
  Dieses Buch zu lesen ist ein Vergnügen. – C.H.

- Diese Kurzgeschichten sind der Hammer! Meine Frau hat auch schon fast alle gelesen, wir sind komplett in *die alte Zeit* zurückversetzt! – K.D.

- Gratuliere! Ein schönes Buch ist das geworden! – A.A.

- Liest sich locker, gut formuliert .... Bravo! – H.H.

- Wunderschön geschrieben - große Gratulation! – G.S.

- Das Buch ist ein wichtiger Bestandteil für das sogenannte „emotionale Archiv". Darin werden neben Dokumenten, Zeitzeugenberichten und journalistischen Meldungen auch jene Fakten beschrieben, die nicht fassbar sind. Aber erst sie runden die Einschätzung einer Epoche fürs erste ab. – H.S.